JORDI SIERRA I FABRA

DONDE ESTÉ MI CORAZÓN

edebé

Paseo de San Juan Bosco, 62
08017 Barcelona
www.edebe.com

Directora de la colección: Reina Duarte
Diseño de las cubiertas: César Farrés
Fotografía de cubierta: AGE Fotostock

17.ª edición

ISBN 978-84-236-7657-6
Depósito Legal: B. 3881-2012
Impreso en España
Printed in Spain
EGS - Rosario, 2 - Barcelona

Para Aurora Díaz Plaja,
la persona con el corazón más
grande que conozco.

«Te quiero infinitamente,
te querré hasta la muerte.
Hay un lugar para nosotros,
ya sabes la canción.
No puedo hacer nada
excepto estar enamorado de ti.
Todo lo que hago es besarte
por medio de un poema.
Te quiero infinitamente,
te querré hasta la muerte.»

Mark Knopfler - Dire Straits

PRIMER LATIDO

Uno

Justo cuando tropezó, él apareció a su lado.

Fue algo fortuito e inesperado, casi ridículo, porque primero dio un traspiés y luego dos pasos intentando mantener el equilibrio. Además, se asustó. Eso fue lo que hizo que perdiera la verticalidad y, para no caerse de bruces, apoyó una mano en el suelo y acabó cayéndose de espaldas. O sea, que quedó sentada en el suelo, mitad sorprendida, mitad avergonzada.

Lo segundo, evidentemente, por él.

—¿Te has hecho daño?

—No.

—Dame la mano.

¿Qué podía hacer? Se la dio y él tiró de ella con fuerza, devolviéndola al mundo normal. Una vez de pie, ante todo, comprobó su aspecto. Pero de reojo siguió examinándolo. Era un poco más alto que ella, de complexión bastante atlética; la camiseta permitía ver sus brazos y la extensión de sus hombros. El cabello, muy negro, daba la impresión de ser a la vez muy suave. Pero sin duda lo que más fascinaba eran sus ojos, la nariz y los labios, que formaban una simetría perfecta. Y esos ojos la miraban de una forma muy directa, especial; se dio cuenta en seguida.

En otras circunstancias le habría parecido atractivo.

—¿Estás bien?

—Sí, sí, no ha sido más que el susto.

—Ibas distraída.

—Pensaba en mis cosas.

—Ya.

Se enfrentó a su mirada, y fue en ese momento cuando se dio cuenta de que él estaba pálido, casi tan asustado como lo había estado ella en el momento de descubrir que iba a caerse. Sus ojos traslucían miedo, y eso confería a su rostro un extraño efecto que la desconcertó aún más.

—No me ha pasado nada, en serio —se vio en la obligación de tranquilizarlo.

—Bueno, pues... —vaciló él, como si no supiese qué hacer.

—Gracias.

—Vale.

—Adiós, hasta luego —se despidió ella, dando por terminado aquel diálogo para besugos presidido por los nervios.

Pero mientras se alejaba de él, dejándolo allí quieto, en mitad de la acera, supo que seguía mirándola, y que en sus ojos permanecía aquella luz curiosa, expectante, tan distinta a todas las miradas, incluso tratándose de lo más natural: un admirador.

Una luz llena de sensaciones.

Logró continuar andando sin girar la cabeza. Le costó, pero lo hizo, con un ejército de hormigas recorriendo su espina dorsal y un frío vacío en la boca del estómago.

Después se metió en la panadería, una docena de metros más allá, y suspiró aliviada al sentirse a salvo, aunque no sabía de qué.

Dos

Escuchó la voz de Carolina, su mejor, su única amiga verdadera, justo al doblar la esquina que conducía a la calle en la que estaba su casa, oculta desde allí por los árboles del jardín y el pequeño muro.

—¡Montse!

Se detuvo y, al verla, dejó las dos bolsas en el suelo. Hacía mucho calor, muchísimo, lo que auguraba un verano que se haría insoportable a medida que avanzara más. La urbanización en la que vivían, aunque cercana al pueblo, tenía muchos desniveles y cuestas, así que aprovechó la parada para descansar y agradeció no hacerlo al sol. Las ramas de uno de los frondosos pinos de los señores Ferrer la protegieron mientras Carolina trotaba en su dirección. Le envidió su *top* y su minifalda. Ella llevaba una camiseta cerrada desde el cuello y unos vaqueros. Todavía le costaba aceptar que nunca podría llevar un escote, un biquini, ni siquiera un traje de baño escotado.

Nunca más.

—¡Caray, tía! —resopló Carolina al llegar junto a ella—. No sabes las ganas que tengo de motorizarme, aunque sólo sea para venir a tu casa.

—¿No dices siempre que esto es mucho más tranquilo que el centro del pueblo?

—Sí, ya, pero...

—¿Vienes a bañarte? —le preguntó Montse, dudosa, al ver que su amiga no llevaba la bolsa con el bañador.

—No, no puedo. Te he visto de lejos y sólo quería preguntarte qué haremos esta noche.

—Vamos al Casino, ¿no?

—Bueno —accedió Carolina.

—Oye —no esperó ni un momento más; quería contárselo—. ¿Recuerdas al chico del sábado?

—¿El que no paraba de mirarte con cara de éxtasis concentrado y dolor de estómago?

—Sí.

—Claro que lo recuerdo, ya te dije que era muy mono.

—Pues acabo de verlo.

—¿Ah, sí? —se quedó en suspenso Carolina—. ¿Y...?

—Hemos hablado.

—¿Qué? —la cara de su amiga cambió—. Cuenta, cuenta.

—Nada, que iba por la calle, he tropezado, me he caído...

—¿Que te has caído? —se alarmó su amiga.

—Una buena culada.

—¡Oh, Dios, qué vergüenza! —y cerró los ojos—. No me digas que él...

—Estaba allí —le confirmó sus sospechas Montse—. Pero es que además ha aparecido como por arte de magia, ¿entiendes?

—Y te ha ayudado a levantarte.

—Sí.

—¡Lo sabía, lo sabía! —cantó Carolina—. Ya te lo dije. ¿Qué tal?

—Nada.

—¿Cómo que nada? —su voz se llenó de reconvenciones—. ¿Cómo se llama? ¿Quién es? ¿Habéis quedado?

—¡Eh, eh, alto! —la detuvo Montse—. Me he caído, estaba allí, me ha ayudado y eso ha sido todo.

—¿Le has dejado escapar?

—¿Qué querías que hiciera? ¡Por Dios! Mira que eres...

—Oye, rica, ¿tú crees en las casualidades?

—No sé.

—Pues yo no. Lo dejaste colgado el sábado y estaba esperando su oportunidad.

—La ha tenido y no me ha dicho nada.

—Porque es tímido, ya se le notaba. ¿A que estaba nervioso?

—Bastante —reconoció Montse—. Se ha asustado casi más que yo al verme en el suelo.

—Normal. ¿Qué quieres? Si le gustas, montas el número, tú no le das pie, y él es tímido...

—Carolina...

—Yo no digo nada —se defendió ella—, pero ya

sabes lo que pienso: que necesitas un poco de marcha después de lo de Arturo.

—Bueno, vale ya, ¿no? —se quejó con amargura Montse.

Carolina bajó la cabeza. En su rostro, enmarcado por una abundante melena negra, apareció una sombra de culpabilidad. Su amiga la vio morderse el labio inferior; se había dado cuenta de que acababa de meter la pata, algo por otra parte habitual en ella.

—Vale, lo siento —dijo—. Te juro que no volveré a mentarlo.

—No es eso —manifestó con cansancio Montse—. Es que... —no encontró palabras para explicar lo que sentía, así que acabó suspirando antes de agregar—: Bah, déjalo, no me hagas caso. Todavía sigo sensibilizada.

—A veces hablas tan fino —secundó su suspiro Carolina levantando la cabeza—. ¿Por qué no dices simplemente que estás cabreada además de dolida?

Logró hacerla reír, algo bastante difícil en las últimas semanas.

—Bueno, ¿te vienes o no?

—Te ayudaré a llegar a casa con esto —se ofreció Carolina cogiendo las bolsas del suelo—, pero tengo que largarme a toda prisa.

—Eh, dame una —protestó Montse.

—Da igual, vamos.

Se resignó. Carolina ya le había sacado cinco metros de ventaja calle arriba.

Tres

Le molestaba que todos siguieran tratándola como a una enferma. Ya no lo era.

¿O sí?

A veces tenía la sensación de que los fantasmas del pasado la perseguirían el resto de sus días. Sería una anciana y todavía le preguntarían si se encontraba bien.

—¿Cómo estás, cariño?

Sus pensamientos se materializaron allí mismo, en forma de madre. Si no fuera por lo mucho que la había visto llorar y por lo delgada que estaba, víctima de los nervios, le habría pegado un soberano corte. No lo hizo, pero aun así, no se mordió la lengua.

—Yo diría que estoy un poquito mejor que hace un rato, antes de irme, y también mejor que ayer, sólo un poquito, pero mucho mejor, muchísimo mejor estaré mañana, y no digamos pasado mañana, aunque dentro de un año seguro que estaré mejor que hoy, teniendo en cuenta que estaba fatal hace...

—¡Ay, hija! —suspiró la mujer—. Al final, no voy a poder preguntarte.

—Mamá, si es que lo haces cada cinco minutos.

—No es verdad.

—Pues cada vez que salgo o entro.

—Has sido tú la que se ha empeñado en ir a comprar y regresar cargada —le reprochó su madre.

—Es que, si no hago ejercicio, voy a terminar como la prima Lali.

—¡Pero si estás en los huesos!

—¿Yo? Las ganas, mamá, no digas tonterías.

—Sí, ya, yo digo tonterías. Eso mismo. Yo siempre digo tonterías.

Se hizo la digna. Empezó a sacar el contenido de las bolsas y a depositar los distintos paquetes sobre el mármol de la cocina mientras fingía ignorar a su hija. Montse estuvo a punto de irse a su habitación para ponerse el traje de baño. La detuvo el hecho de que, de nuevo, sintiera aquella infinita piedad por su madre.

—Mamá —le dijo condescendiente—, he de hacer ejercicio. No puedo quedarme quieta, muerta de miedo.

—Si ya lo sé —exclamó la mujer mostrándole sus ojos cargados de estrellas luminosas, al borde del llanto—. Pero yo todavía tengo esa sensación que...

—Acabarás enferma tú —le advirtió su hija.

La posible respuesta no llegó a producirse. Por la puerta de la cocina apareció Julio, el hermano mayor de Montse, recién levantado pese a la hora que era. Iba en calzoncillos. En otras circunstancias habría ido a la nevera para coger algo sin molestarse en abrir la boca.

Pero eso era antes.

Mucho antes.

—Hola, ¿cómo estás hoy? —se interesó mirándola.

—Será mejor que no le preguntes —le advirtió su madre—. A «Doña Susceptible» le molesta.

Montse tuvo ganas de gritar, pero eso, sin duda, habría sido demasiado.

Un cuarto personaje hizo acto de presencia antes de que respondiera: su hermano pequeño, Dani. Entró en la cocina a la carga, como era su costumbre.

—¡Ya he terminado los deberes! —anunció—. ¿Puedo ir a la *pisci*...?

Entonces vio a su hermana y se detuvo en seco, preocupado. Tanto que preguntó:

—¿Pasa algo?

Por lo general su hermano menor antes la atormentaba y le hacía la vida imposible sin el menor remordimiento de conciencia. Era natural, teniendo en cuenta que ella estaba en medio de sus dos hermanos. Y Dani, al fin y al cabo, era el pequeño, el «descolgado». Ahora le habían leído la cartilla. Caminaba con pies de plomo, no hacía ruido y a veces la miraba como si fuera a caerse muerta en un abrir y cerrar de ojos.

¿Cómo podía llevar una vida normal así?

Montse salió de la habitación sin decir nada, aceptando los hechos, pero rebelándose silenciosamente contra ellos.

Cuatro

Se sentía tan rara.

Tan diferente.

Un año antes, el verano había sido como todos. Es decir: un asco por tener que quedarse en Vallirana, sin ir a ninguna parte de vacaciones, pero maravilloso por poder estar junto a Arturo. De hecho, todo había empezado entonces, pocas semanas antes de...

Un año. Sólo eso. Y en ese tiempo...

Los pensamientos llegaban a embotarla, pero aún más lo hacían las emociones que asaltaban los muros de su espíritu continuamente, a traición, desarmándola, produciéndole aquel vértigo, aquella sensación de irrealidad. A veces no sabía qué era mejor, ni sabía qué cara poner, qué decir, cómo enfrentarse a su nueva vida con la apariencia de normalidad. Para ella misma era alucinante, así que imaginaba lo difícil que debía de ser para los suyos, su familia, sus amistades, el mundo entero.

Pero estaba viva. Eso era lo único que contaba. Viva.

Aunque no dejaban de recordarle que casi se trataba de un milagro.

Todos, con su actitud.

Por eso, cuanto la rodeaba, su visión de las cosas, sus dimensiones, todo había cambiado. Exterior e interiormente. Los demás no se daban cuenta, porque no podían meterse en su cerebro, ni bajo su piel, ni mucho menos en su corazón, para mecerse con cada latido de esa nueva vida.

Quizás todos deberían ir a un psiquiatra. Todos. Ella, su familia, el pueblo entero.

El silencio de su habitación la confortó. Sólo entre las cuatro paredes de ese espacio propio se sentía bien, a salvo de todo mal. Era lo único que tenía, ese reducto le pertenecía. Más allá de la puerta quedaba el resto del universo: su madre, en la cocina, dándole vueltas a la cabeza; su padre, trabajando y apartado durante unas horas de todo aquello, pero igualmente pendiente del teléfono y de su miedo, superado, no derrotado; su hermano mayor, a punto de ir a la universidad y lleno de planes, recuperándose del impacto de aquellos meses pasados en los que, casi de milagro, no perdió el curso; Dani, convertido en el rey de la pequeña piscina, con lo cual acercarse a ella era una temeridad, que se pasaba, sin embargo, el día mirándola como si fuese un fantasma; Carolina, siempre dispuesta a animarla, convertida en su fuerza moral, aunque a veces su energía la llevaba a rozar los extremos.

Montse, de espaldas al espejo de la pared, empezó

a desnudarse para ponerse el bañador. Un bañador no muy seductor, el único que había encontrado cerrado por el cuello. Una rareza. Se quitó la camiseta, los pantalones y la ropa interior. Cuando se quedó desnuda, se dio cuenta de que el bañador estaba junto al espejo, así que, al girarse y alargar la mano, se vio reflejada por un momento, de refilón.

Cerró los ojos, cogió la prenda y volvió a darle la espalda al espejo.

Entonces se percató de lo absurdo que había sido su gesto.

Si ella era la primera en no enfrentarse a la realidad, ¿cómo podía pretender que su familia lo entendiera?

Vaciló, pero fue apenas un instante.

Luego giró sobre sus talones por segunda vez y se enfrentó a su imagen en el espejo.

La cicatriz, que nacía de su garganta, bajaba en una espantosa vertical atravesándole el cuerpo casi hasta el ombligo. Era como una cremallera que no se abría. Una cremallera rosada y salpicada constantemente por breves trazos horizontales. Pasaba entre sus pechos jóvenes y hermosos como un río seco. Y aun siendo espantosa, eterna, sabía que representaba la puerta de su esperanza, la clave de su nueva vida. La cicatriz no era más que la huella visible, el vestigio de lo sucedido.

Se llevó la mano derecha hasta ella.

La tocó.

¿Era la primera vez que lo hacía?

No, pero sí de aquella forma. Y lo importante era la forma.

Cerró los ojos y escuchó los latidos de su corazón.

Su corazón.

La vida es muy extraña, pero sólo cuando se está a punto de perderla tomamos conciencia de lo que vale y de que lo es todo, porque no tenemos nada más.

Montse llenó sus pulmones de aire y se puso el bañador.

Tiempo. Necesitaba tiempo.

A fin de cuentas, estaba aprendiendo a vivir de nuevo.

Cinco

Carolina fue la que le dio el codazo, nada disimulado, según su más puro estilo.

—¡Está ahí! —cuchicheó, aunque fue como si lo gritara.

—¡Ay! —protestó Montse por el golpe—. ¿Quién está ahí?

—¡Él!

—¿Pero...?

—¡No, no te gires! ¿Estás loca?

—¡Tía, vale ya!

—¿Desde cuándo has olvidado las normas?

No girarse. Ésa era una.

—¿Quién está ahí?

—¡El tímido! ¿Quién va a ser?

No se lo dijo, pero creyó que se refería a Arturo.

—Bueno, ¿y qué?

—Es que nos ha visto, ¡y viene hacia aquí!

Eso sí la desconcertó.

—¿Cómo que viene hacia aquí?

—Pues eso, que viene.

Se lo dijo sin abrir apenas la boca, con los labios distendidos en una sonrisa, fingiendo mirar a todas partes. Eso obligó a Montse a mantener la calma y guardar silencio. Carolina ya no volvió a hablar.

Contuvo el aliento menos de tres segundos.

—Hola —escuchó su voz por detrás.

Fue el momento de liberar tensiones. Esta vez sí giró la cabeza y le vio aparecer por la izquierda. Llevaba una camisa muy bonita y unos vaqueros que se ajustaban perfectamente a su figura. No era un modelo, pero realmente parecía recién salido de un anuncio de la televisión. Un anuncio de gente sana.

—Hola —contestó con una cándida sonrisa Carolina.

El chico miró a Montse.

—¿Qué tal?

—Bien.

—Me alegro.

—Bueno, caí sobre una parte blanda —sonrió ella.

Carolina metió baza a la primera oportunidad.

—¿No quieres sentarte? —le invitó.

Recibió la patada de Montse por debajo de la mesa, pero logró mantenerse estoica, como si nada, con la misma sonrisa cincelada por el fuego de la experiencia sobre su rostro.

—Bueno, no quiero molestaros, sólo...

—Tú no eres de por aquí, ¿no? —continuó Carolina viendo que se le escapaba.

—No, soy forastero. Acabo de llegar al pueblo y no conozco a nadie, la verdad.

—Pues entonces ya nos conoces a nosotras. Va, siéntate y no te hagas el interesante.

Esta vez la nueva patada de Montse no la alcanzó, porque Carolina se apartó antes de que llegara a su pierna. La silla hizo un ruido curioso, similar a un gemido, al desplazarse por el suelo. Entre la marea de voces de los que llenaban el Casino, sonó con hiriente estrépito. Media docena de miradas convergieron en ellos.

—¿De verdad no os importa? —vaciló él mirando a Montse.

—¡Que no, hombre, que no! —le contestó Carolina.

—Bueno, pues... gracias —dijo el recién llegado.

Y se sentó entre las dos.

Seis

—¿De dónde eres? —preguntó Carolina.

—De Tarragona.

—¿Y qué haces aquí?

—Busco trabajo.

—¿Aquí?

—Sí.

—Anda éste —rezongó Carolina—. Todo el mundo se va a buscar trabajo a Barcelona y tú vienes aquí. ¡Pero si esto es un pueblo!

—Ya, pero me gusta.

—¿Que te gusta? ¿Por qué?

—Carolina, no seas plasta —la reprendió Montse por primera vez.

—Vaya, no me digas que lo encuentras normal —le espetó su amiga—. Estamos a veinte kilómetros de Barcelona, pero «es-to-es-un-pue-blo» —se reafirmó remarcando cada sílaba—. Y para el caso, como si estuviéramos en la Luna.

—Que tú te aburras no significa que sea un mal sitio —defendió su hogar Montse.

—A mí me gusta —insistió él—. Estos bosques, las montañas... y Barcelona ahí al lado, claro.

—¿Dónde vives?

—¿Quieres decir aquí o en Tarragona?

—Aquí, hombre, aquí. Para qué quiero saber yo tus señas en Tarragona.

—En la pensión La Rosa, hasta que encuentre algo mejor. Tengo alquilada una habitación.

Seguía mirando a Montse. Las preguntas las hacía Carolina, pero él miraba a Montse. De pronto se dieron cuenta, los dos, él y ella, así que miraron fijamente a Carolina, que en ese instante parecía haber terminado el interrogatorio. La chica se encontró con sus caras ansiosas.

—Esto... —buscó algo más que decir—. Pues lo tienes crudo, chaval, muy crudo. Y además con el verano ya empezado... ¿Sabes la de árabes que hay por aquí haciendo los trabajos que nadie quiere hacer? Como no hagas lo mismo que ellos...

—Si no hay más remedio...

—Ah, bueno —dijo Carolina.

—¿Cómo te llamas? —preguntó Montse de pronto.

La miró de nuevo. En sus ojos titiló una luz cargada de expectativas.

—Sergio —respondió.

—Ella es Carolina, y yo soy Montse.

—Hola Carolina. Hola Montse.

—Hola Sergio —dijeron ellas dos al unísono.

—¿Puedo invitaros a algo para celebrarlo?

—¡Sí, hombre! —protestó Carolina—. Estás buscando un curro y te vas a poner a gastar.

—Tengo ahorros para aguantar un par de meses —se justificó él.

—Ya, pero no —insistió Carolina—. Por cierto... —miró la hora y enarcó las cejas como si acabase de recordar algo imprevisto—. ¡Vaya por Dios! —exclamó—. He de irme.

Montse se puso tensa.

—Pero si...

—¡Lo siento, cielo! —Carolina ya estaba de pie, agitando las manos con su natural efervescencia—. ¿No te he dicho que tenía que ver a Ismael? ¡Qué cabeza! —la detuvo al ver que ella también pretendía levantarse—. Oye, tranquila, que es algo privado.

La presión de sus manos fue terminante. Montse no pudo luchar contra ella, a no ser que al final traicionase la comedia que su amiga estaba montando para dejarlos solos.

Aunque se le notaba demasiado que ésa era su intención.

—Volverás, ¿no? —quiso saber Montse.

—No lo sé; pero por si acaso, no me esperes —se dirigió a Sergio y le envolvió con una sonrisa de confianza—. Me alegro de conocerte, de verdad. Nos veremos, ¿eh? Vale, chao.

Y sin darles tiempo a más, se alejó de su lado.

—Vaya —comentó él cuando Carolina ya había desaparecido por la puerta desde hacía no menos de cinco segundos—. ¿Quién es ese Ismael?

Montse no le dijo que ella se estaba preguntando lo mismo.

Siete

El paseo, construido sobre la riera y asfaltado para ser el centro popular del pueblo, estaba lleno de gente, así que instintivamente se alejaron de él, caminando sin aparente rumbo, aunque Montse se dirigiese a su casa sin decírselo. No era por incomodidad, ni tampoco por la hora. Se sentía bien, a gusto, por extraño que le pareciera, teniendo en cuenta que él era su primera compañía masculina en muchos meses, pero aún no tenía la suficiente paz como para disfrutarlo. No estaba preparada.

Carolina le habría dicho que una siempre ha de estar preparada para una aventura, o un rollo, o para todo lo que tuviera marcha o cambiara el color de la monotonía. Pero ella no era Carolina.

Sergio notó que se estaban alejando del centro.

—Siento haberme presentado de aquella forma antes —dijo de pronto.

—¿De qué forma?

—Bueno, estabais tu amiga y tú, y he aparecido yo...

—Si no conoces a nadie, salvo a las chicas a las que vas ayudando por la calle, es lógico —trató de ser amable Montse, comprendiendo lo que le sucedía a su nuevo amigo.

—Pero puede que os haya molestado.

—¿Por qué habrías de haberlo hecho?

—Estabas muy seria.

Montse se detuvo y le miró.

—Es que yo soy así —dijo con la mayor naturalidad.

—No lo creo —repuso él—. Es como si te controlaras todo el tiempo.

—¿Yo?

—Casi no te conozco, claro, pero diría que no estás en el mejor de tus momentos. ¿Has suspendido?

—No —le dijo la verdad, porque no había hecho ni un solo examen.

—Entonces perdona, debo de ser yo, que soy muy susceptible.

Montse iba a decirle que él también parecía muy nervioso, muy tenso, pero optó por no hacerlo. Carolina tenía razón: era tímido, y además probablemente se sentía muy solo, extraño. A lo largo de aquellos treinta o cuarenta minutos de intimidad, desde que su amiga se marchó, habían estado hablando de un montón de cosas neutras, dispares, música, deportes, como si los dos trataran de rehuir otros asuntos más conflictivos o personales. Y era absurdo. Acababan de conocerse.

Aunque a Sergio se le notaba que ella le gustaba.

La mayoría de los chicos solía ser bastante transparente en eso.

—No era mi intención parecer un palo de chica —confesó Montse reanudando la marcha—. De todas formas tienes razón, he tenido un mal año. Entre otras muchas cosas, he perdido el curso.

—¿Ah, sí?

—Ya no importa —se cruzó de brazos con su característico gesto de determinación y miró a lo lejos, hacia las montañas cuyas siluetas se recortaban sobre el cielo estrellado.

Sergio no volvió a preguntar.

Y cuando lo hizo, fue para cambiar de tema.

—¿Vives aquí todo el año?

—Sí.

—¿Y qué tal?

Montse se encogió de hombros.

—Siempre he vivido aquí, no sé —confesó.

—A mí me encanta viajar, moverme —dijo él—. En cuanto pueda me gustaría recorrer el mundo, ver las pirámides de Egipto, Palenque en México, las cataratas de Iguazú, Petra, Katmandu, y bañarme en las Maldivas y en la Polinesia.

—Pues de momento has ido a parar a Vallirana —se burló ella—. No está mal. ¿Cómo decidiste quedarte aquí?

—Pues... —Sergio desvió la mirada por un instante—, fue casual. Me gusta esta zona, y a veces venía con mi moto por la carretera general hasta Vilafranca del Penedés, o hasta el puerto del Ordal. Un día vi esto y me dije que era perfecto, aunque no me preguntes por qué. Me gusta fiarme de mi instinto.

—Y estás aquí.

—Y estoy aquí.

—Pues aquélla es mi casa —señaló Montse con un suspiro de resignación—. Yo sí que estoy aquí.

A Sergio se le notó la desilusión, el corte. Miró la hora de manera que pareciera que no lo hacía, aunque ella se percató. No era tarde.

La mayoría de los jóvenes comenzaba a vivir la noche en ese momento.

Sergio tuvo la delicadeza de no preguntar.

—Gracias por dejarme acompañarte —dijo.

—No seas tonto.

Él se detuvo a menos de veinte pasos de la puerta.

—Vale, pues... adiós —se despidió.

—Adiós —sonrió ella.

Eso fue todo.

Ocho

La despertó su madre, llamando a la puerta de la habitación con insistencia poco habitual.

—Montse, que te llama Carolina.

Abrió un ojo y miró la hora en el reloj luminoso. Se había pasado. Era tardísimo, aunque de todas formas no tuviera nada que hacer aquella mañana. Por la tarde sí. Por la tarde tocaba médico. Pero por la mañana...

—¿Montse? —insistió ella.

—Ya va, ya va —protestó.

Saltó de la cama y salió con los ojos cerrados, igual que un fantasma. Odiaba tener que hablar antes de lavarse los dientes, pero si le pedía a su madre que le dijera a Carolina que llamase más tarde, su amiga era capaz de aparecer con un enfado de padre y muy señor mío. Se derrumbó sobre el sofá, como si estuviese agotada por el esfuerzo de haber dado aquellos diez pasos, y cogió el auricular de la mesa. ¿Por qué no tenían un inalámbrico como todo el mundo?

—¿Qué? —farfulló.

—Eso, ¿qué? —saltó Carolina con energía, demostrando que ella sí llevaba un buen rato despierta.

—Eres una cerda —la insultó a conciencia Montse.

—Bah, tía, que le vas.

—¿Y qué?

—El día que me *flipe* un chico y no te busques una excusa para dejarnos solos, vas a ver tú.

—¡Pero es que te largaste a los dos segundos!

—¡Es tímido, hay que darle más oportunidades que a los demás! —gritó Carolina—. ¿Y se puede saber por qué estamos discutiendo? A ver, ¿no te gusta?

—Si es que no es eso. ¿Por qué todo ha de ser blanco o negro?

—Mira, no te enrolles. En esto es blanco o negro, ¿vale? Así que, si no te gusta, me lo quedo yo. No tengo más que desplegar mis buenas artes de seducción.

—¡Hala, así de fácil!

—¡Jo, tía, para algo nuevo que hay! —exclamó Carolina, y como si quisiera convencerla de ello, insistió—: ¡Pero si es monísimo!

—No está mal —concedió Montse.

—¡Cómprate una lágrima y ahógate! Va, cuenta, ¿cómo es? ¿Resulta tan encantador como parece?

—Es bastante dulce, sí.

—¿Dulce? ¿No me digas que le has probado y ya os habéis bes...?

—¡No seas bestia, que no pasó nada! Te digo que es dulce porque lo es. No sé, ha sido la primera palabra que me ha venido a la cabeza.

—O sea, como los psiquiatras, que enseñan manchas y tú dices la primera bobada que se te ocurre —demostró su rapidez mental Carolina—. Pues tú has dicho «dulce», y eso es algo. Vamos, digo yo.

—Carolina, descansa —suspiró Montse.

—¿Y además de «dulce»...? —lo dijo de forma muy especial.

—Estaba bastante cortado, nervioso, algo así.

—Le gustas —sentenció Carolina—. ¡Huy, cómo le gustas! ¡Ése está en el bote! ¡Amor a primera vista, flechazo! ¡Podrías pasarte un verano de perlas!

—Yo no quiero pasarme un verano de perlas.

—Pues estamos en verano, ¿sabes? Lo quieras o no. Estamos en verano, y los veranos o se pasan de perlas o se pasan fatal, porque sólo hay uno cada año, mejor dicho, sólo hay uno cuando se tiene diecisiete años. Y aunque te moleste, te lo diré: tú estás viva y Arturo se ha ido de tu vida. Adiós. Así que despierta y enfréntate a la verdad. Tienes a un tío encantador a tiro de piedra, ¿qué pasa?

—Nada —manifestó Montse.

—No te hagas la enfadada porque conmigo no puedes, y más en casos así. ¡No he pegado ojo en toda la noche! Va, suéltalo, que para eso soy tu amiga: ¿qué te pasa?

—Ya te lo he dicho: nada.

—Tienes miedo.

—¡No!

—¡Jo, mira que eres cerrada cuando quieres! ¿Es por...?

—¡No! —volvió a gritar Montse antes de que

Carolina formulara la pregunta—. ¡Estoy bien!

—¿Seguro?

—Seguro. Son los demás los que no paran de recordármelo.

—Bueno, la verdad es que eso sí puedo entenderlo —el tono de Carolina cambió de golpe—. Tú eres más fuerte que yo, ¿sabes? Yo sí tendría miedo, tanto que...

—Carolina —impidió de nuevo que siguiera su amiga dando un giro a la conversación—, ¿te has fijado en su manera de vestir?

—Sí, ¿lo has notado? Viste demasiado bien para estar buscando trabajo por aquí de lo que sea, ¿verdad? Y sus modales... ¡Ufff!

—Hay algo en él que..., no sé.

—Oye, déjate de chorradas. Tú espera a ver qué pasa y ya está, pero tampoco pienses que él lo va a hacer todo. ¡Fíjate, hace dos días parecía que éste iba a ser un verano de lo más amuermado, y ahora...!

—Si no fuera por lo que me ha pasado, ¿irías a por él? Quiero decir que... si me lo cedes por cortesía.

—¡No seas burra! Te miraba a ti.

—Has dicho que, si no lo quiero, te lo quedas.

—¡Era un comentario, mujer!

—Hace tres años nos fijamos en el mismo chico y bien que tratamos de ver cuál de las dos...

—¡Éramos unas crías! —protestó Carolina.

Siempre decía la última palabra. Y siempre tenía algo que agregar. No podía con ella. Pero no sólo era su mejor amiga. Era su único nexo con el mundo real.

Y a veces, no siempre, pero a veces, incluso tenía razón.

Aquélla era una de esas veces.

—¿Cuándo volverás a verlo? —insistió incansable e incombustible Carolina.

SEGUNDO LATIDO

Nueve

El médico examinó el trazo de la línea que iba dejando el electrocardiograma en la larga hoja de papel. Un trazo continuo, de subidas y bajadas estables, siguiendo los impulsos marcados por el corazón con cada uno de sus latidos. Montse, tendida horizontalmente y conectada por medio de los electrodos al sistema de aparatos, lo observaba de reojo, pero también con confianza. Los días en que la angustia y el miedo dominaban cada una de aquellas escenas habían pasado. Por si no fuera bastante, el hombre la tranquilizó aún más, sin esperar a que la prueba hubiera finalizado.

—Bien, muy bien —comentó—. Perfecto.

—Me alegro —reconoció ella.

—Si no fuera por lo que sabemos tú y yo, nadie diría que has pasado por todo lo que has pasado.

Montse cerró los ojos y respiró con fuerza. De hecho era uno más de sus exámenes rutinarios, pero no podía impedir que, cada vez que entraba en la consulta, una fuerte agitación se disparara en su interior. Un año antes estaba perfectamente, y luego...

La vida podía cambiar en un segundo.

—Muy bien —dio por terminada la última prueba el médico—. Vamos a quitarte esto.

Lo hizo un enfermero, con cuidado, mientras él esperaba examinando la larga ficha médica de Montse. Cuando ella estuvo libre de cables y conexiones, comenzó a vestirse. Para entonces el doctor ya había regresado a su despacho y se había sentado al otro lado de su mesa. La puerta había quedado abierta y su paciente se reunió con él.

—Siéntate —le pidió.

Montse le obedeció mientras él terminaba de efectuar unas anotaciones. La tira de papel con el electrocardiograma fue lo último que añadió a su expediente. Luego lo dejó sobre la mesa y se enfrentó a ella con una sonrisa cálida en los labios.

A Montse le gustaba, y no sólo porque le había salvado la vida. Era un buen hombre, lleno de ternura, sensibilidad y comprensión.

—Cuéntame —le pidió.

—¿Qué quiere que le cuente? —le preguntó Montse.

—Pues qué haces y todo eso. Estamos en verano. ¿Ya nadas, caminas, haces ejercicio?

—Sí, sí.

—¿De verdad?

—Bueno, en casa tenemos una piscina, pero no es olímpica, claro.

—Tú ya me entiendes —manifestó el médico—.

Se trata de actuar con normalidad.

—Lo hago.

—¿Del todo?

Montse se mordió el labio inferior. Bajó la vista al suelo un momento.

—Lo intento —reconoció.

—Es lógico —aceptó el hombre—. Crees que cualquier esfuerzo puede provocarte algo irreparable, pero se trata de que vayas cogiendo confianza. Por eso es tan importante llevar una vida normal. Estás bien, Montse. Tu corazón debe asimilar esa normalidad, pero es básico que también lo haga tu mente. En tu cuerpo todo trabaja al unísono. ¿Te dije que tú eres tu mejor ayuda?

—Sí.

—¿Cuántas veces?

—¡Uf, cantidad! —bromeó Montse.

—Pues te lo digo una más: eres tu mejor ayuda. Que tu mente esté serena y tu ánimo hará el resto. ¿Qué tal en casa?

—Ése es el problema —asintió con pesar Montse—. Me miman como si fuera una inválida y están tan pendientes de mí que...

—Es comprensible.

—Ya, y lo entiendo, pero a veces me ahogan. Aunque yo no piense en nada, me basta con mirarlos para que todo vuelva a mi memoria. Me hacen sentir mal. Un estornudo es suficiente para que me pregunten qué me pasa, si me duele algo. Es como si fuera a caerme de un momento a otro. Yo creo que, cuando estoy delante, ni respiran.

—He hablado con ellos, pero es difícil hacerles entender cuál es su papel en nuestra estrategia. Por eso quería verte a solas.

—Y yo se lo agradezco, doctor Molins. Me siento mucho más cómoda sin ellos.

—Bueno, únicamente piensa que en unos meses, puede que menos, en unas semanas, todo esto habrá pasado y la normalidad será absoluta. Ten paciencia, ¿de acuerdo?

—La tengo.

—¿Y de amores?

Le sorprendió la pregunta. Era la primera vez que abordaba el tema. Ni siquiera supo qué decir.

—Normal —se encogió de hombros.

—Entonces recuerda tan sólo que, pese a lo que se diga en las novelas y en las películas, el amor nunca ha roto realmente un corazón, ¿de acuerdo?

—De acuerdo —se echó a reír Montse.

—Perfecto —el doctor Molins se puso en pie—. Pues vamos a ver a tus padres y a tranquilizarlos un poco.

Ella también se levantó. El médico le pasó un brazo por encima de los hombros, amigable y distendido.

Salieron por la puerta del despacho riéndose, lo que dejó no poco sorprendidos a los padres de Montse.

Diez

Normalidad.

Una palabra sencilla, fácil de pronunciar, difícil de poner en práctica.

—¿Qué te ha dicho el doctor Molins?

Su madre había tardado exactamente siete minutos en preguntárselo. Un récord. Circulaban ya por Barcelona, en busca de la Diagonal, para enfilar primero por la autopista y después por la N-340 en dirección a casa.

Montse, sentada en solitario en el asiento posterior, se resignó.

—Nada que no te haya dicho a ti.

—Me refiero a cuando estabais solos —insistió la mujer.

—Mamá, ya te lo he dicho: nada.

—Pero si habéis estado un montón de tiempo solos.

—Me hacía pruebas. ¿Tú crees que, cuando un médico te examina, se pone a hablar por los codos?

—No, pero...

—Además, si me pasara algo, te lo diría a ti o a papá, no a mí.

—Mira, yo es que no entiendo por qué no podemos estar delante cuando...

—Maite —dijo en un tono de reproche muy claro su marido.

—Mamá, si estás tú, no paras —dijo Montse.

—Ya está —se enfadó ella—. Es normal que quiera saber cómo estás, ¿no?

—¡Pero si es que estoy bien!

—No grites, ¿eh? —se lo dijo con prevención, no con autoridad—. A ver si te va a dar algo.

—¿Lo ves? —Montse miró a su padre por el retrovisor interior—. ¡Estoy bien, así que puedo gritar, enfadarme, hacer lo que quiera! ¡Deja de darle vueltas, por Dios!

—Vaya, cualquiera diría.

Demasiado tarde. Su madre empezó a llorar.

—¡Oh, no, vamos! —se lamentó Montse.

—Vale ya, Maite —le dijo molesto su marido—. ¿No ves que así no la ayudas? Bueno, ni a ella ni a nadie.

—Sí, ya —balbuceó la mujer—. Con lo que he pasado y encima...

Montse iba a decirle que era ella quien había estado a las puertas de la muerte, pero logró contenerse. Por mucho que la irritara la actitud de su madre, y esto no podía evitarlo, debía acostumbrarse. Para eso formaban una familia, para compartir lo bueno y lo malo, y más cuando lo malo era muy malo. De hecho, la que estaba ahora enferma, de los nervios, era su madre, y no mejoraba. Vivía al límite, pero lo peor era que parecía esperar una fatalidad a cada momento. Unos días antes su padre había hablado de llevarla a un psiquiatra.

Se negó en redondo. Dijo que la enferma no era ella, sino su hija.

—¿Estás bien? —le preguntó el padre de Montse a su mujer.

—Pse —exclamó ella con desidia.

—¿Por qué eres tan fatalista? —quiso saber su hija.

—No puedo evitarlo, ¿qué quieres que te diga?

—Ya, pero es que te vas siempre al extremo. Cuando papá llega cinco minutos tarde, no piensas en el tráfico o en que se ha podido quedar a hablar con un amigo, o simplemente que tenía más trabajo que de costumbre; tú en seguida piensas en un accidente. Y cuando Dani se perdió en la montaña y lo encontraron, no dijiste «gracias a Dios» o algo así. No, tú preguntaste: «¿está vivo?». ¿Por qué eres tan pesimista?

—Déjalo, Montse —le recriminó su padre.

—Es más fuerte que yo —se justificó Maite.

—Pues a los demás nos haces la vida imposible, ¿sabes? Cuando uno está en un atasco y no puede llamar por teléfono, y encima sufre porque sabe que tú estás sufriendo...

—¿Y yo qué...?

—¡Eh, eh! —las acalló el hombre—. ¿Vais a estar todo el trayecto así?

Se callaron. La mujer, que hasta aquel momento había estado girada hacia atrás, mirando a su hija, se puso recta en su asiento delantero y, tras exteriorizar su enfado respirando con fuerza, fingió interesarse por el tráfico. Montse agradeció la determinación de su padre. No quería discutir. Nunca quería discutir. Pero su madre no la dejaba en paz, sobre todo desde lo sucedido.

Probablemente jamás la dejaría en paz después de eso.

Y tenía que vivir con ello.

Ya no volvieron a discutir durante el resto del viaje hasta Vallirana, adonde llegaron en menos de veinte minutos.

Once

Acababa de llegar y se había sentado sola cuando apareció él, tan misteriosamente como siempre, igual que si saliera de la nada, como si se materializara a su lado, o... como si la esperase.

—Hola.

—Hola —correspondió a su saludo.

Sergio se quedó de pie, aguardando algo, tal vez una invitación por su parte. Montse no se la sirvió en bandeja. Prefirió ver sus nervios, aquella contenida tensión que lo dominaba cuando estaba con ella, la sensación de inquietud, aunque al menos ya no se mostrara tan tímido como para no acercarse a hablar con ella.

Fueron apenas unos segundos. Decidió no ser una sádica.

—¿No te sientas? —le sugirió.

—Bueno... —lo hizo bien, fingiendo despreocupación, pero no la engañó—. Sí, gracias —luego buscó una excusa para iniciar una conversación trivial—. ¿Y Carolina?

—En Barcelona, con sus padres.

El escaso público del polideportivo saludó en ese momento un gol de su equipo. Las gradas cobraron una inusitada vigorosidad y colorido, con dos docenas de chicos y chicas en pie dando saltos. En el centro de la pista, protegida por su cubierta de color amarillo, los jugadores del equipo de balonmano se abrazaban entre sí.

—¿Quién gana? —preguntó Sergio.

—Ni idea, acabo de llegar y me he sentado aquí como podía haberlo hecho en la piscina. No soy muy amante de los deportes que digamos —le tendió la bolsa de *ganchitos* que estaba disfrutando—. ¿Quieres?

—Gracias —metió la mano en su interior y sacó uno—. ¿Te gustan estas cosas?

—Es para tener algo en las manos —se justificó Montse.

—Ah.

Ella se echó a reír.

—¿Qué pasa, qué he dicho? —abrió mucho los ojos él.

—A veces eres tan serio...

—Defecto de fabricación, supongo —se resignó el otro.

—Bueno, no me hagas caso. Yo también tengo fama de seria. ¿Has encontrado ya trabajo?

—No.

—Pues lo vas a tener crudo —insistió una vez más

al respecto—. Mira, aquí hay unas cinco mil personas, me refiero al censo del pueblo, pero nos rodean nada menos que diecisiete urbanizaciones. En ellas vive mucha gente de manera habitual, aunque la mayoría son segundas residencias de los de Barcelona. Y no todos los que viven todo el año están empadronados en el pueblo. Eso quiere decir que no es un pueblo con industrias ni nada de eso, salvo la fábrica de chocolates o, un poco más arriba, la fábrica de cemento. Aquí abundan los pequeños comercios, eso sí, pero casi todos son negocios familiares. Quizás te iría mejor en Cervelló.

—Tampoco tengo prisa —reconoció él.

—¿Qué hacías antes de venir aquí?

—Estudiar.

—¿Y tu familia?

Sergio dejó de mirarla como solía hacerlo, de forma fija y absorbente. Dirigió sus ojos a la pista, donde de nuevo atacaba el equipo favorito de la mayoría de los asistentes, a juzgar por los gritos de ánimo que les dirigían desde las pequeñas gradas de cemento. Montse percibió que su observación había sido inoportuna.

—Perdona —dijo—. A veces olvido que a mí también me joroba bastante hablar de según qué.

—No, no, qué va, es sólo que... —fingió indiferencia— no hay mucho que decir, salvo que necesitaba estar solo y por eso me he ido.

—Ojalá también pudiera marcharme yo —reflexionó Montse.

—¿Por qué?

Ahora la que no respondió al momento fue ella.

—Vale, uno a uno —se disculpó él.

—¿Qué harás si no encuentras trabajo? —cambió de tema Montse.

—No lo sé. Ya te dije que tenía dinero para aguantar un par de meses.

—Te acabarás marchando —aseguró ella.

—No tiene por qué ser así.

Se sintió observada al milímetro, así que mantuvo los ojos en la pista, dejando que él la mirara. Se dio cuenta de que, por primera vez en mucho tiempo, no se sentía incómoda. No era el tipo de mirada que le dirigían los vecinos del pueblo después de la operación, aunque cada vez se encontraba menos con ello; ni la mirada de los chicos que se le acercaban con ánimo de ligar antes de sus problemas de salud. Era como si Sergio la acariciase con los ojos, la mimase y le hablara con ternura a través de ellos. Percibía que le gustaba y sentirse así le producía una tranquilidad, una sensación de normalidad mayor que todo cuanto pudiera decirle el doctor Molins. Había llegado a creer que nunca más volverían a mirarla como lo hacía Sergio, si es que alguien lo había hecho alguna vez de aquella forma.

Más aún, había creído que jamás sentiría otra vez lo que estaba sintiendo ahora.

Aunque sólo fuese un juego: chico, chica, verano...

Pero si era así, ¿por qué se sentía como se sentía?

—Yo antes hacía muchos planes —se oyó decir a sí misma, sin saber en qué momento había decidido volver a hablar—. Ahora sé que lo importante es vivir al día.

—Yo pienso lo mismo —reconoció Sergio—, aunque sé que no es justo.

—¿Por qué ha de ser justo?

—Porque no puede vivirse tan sólo el momento, y porque siempre hay algo más, comenzando por un después, un más tarde, un mañana.

—Eres un filósofo —dijo Montse sin ánimo de burla.

—He aprendido algunas cosas, nada más.

Esperaba que ella le preguntase cuáles y, al ver que no lo hacía, que se había quedado súbitamente pálida, siguió la dirección de su mirada. No le costó encontrar el motivo de aquel silencio. Al otro lado de la pista un muchacho joven, de dieciocho o diecinueve años, también miraba hacia ella. Iba acompañado por otro chico y dos chicas.

Fueron apenas unos segundos.

Luego él apartó su mirada y Montse apretó las mandíbulas con tanta fuerza que sus sienes palpitaron levemente.

A continuación se puso en pie.

—Vámonos —le pidió.

Sergio no tuvo tiempo de nada más: se levantó para seguirla porque ella ya le llevaba un par de metros de ventaja.

Doce

No logró alcanzarla hasta llegar casi a la carretera y, aun así, no por ello dejó de caminar.

—¿Quién era?

—¿Quién era quién?

—Ése, el que te ha puesto tan furiosa.

—Yo no estoy furiosa.

—Bueno, pues el que te ha incomodado.

—Tampoco estoy incómoda.

—Vale, sólo era por curiosidad.

Montse se detuvo en seco.

—Era un amigo, nada más —le dijo con chispas en los ojos—. Un amigo que no se portó bien y ya está.

Esperaba una nueva pregunta, pero Sergio no se la formuló. Al contrario, pareció aceptar su somera explicación. Eso la desconcertó aún más. Comprendió que no era como los demás, por extraño que se le antojara. Comprendió que era un buen tío. Y comprendió que le gustaba.

Carolina tenía razón.

Siempre la tenía.

Le gustaba, y eso sí era asombroso.

Tan rápido, tan inmediato a lo otro, a Arturo.

—Perdona —le pidió sinceramente mientras reanudaba la marcha—, no me hagas caso.

—Es la segunda vez que me pides perdón en poco rato y no tienes por qué hacerlo —dijo él—. La verdad es que yo soy un redomado palizas.

—No, en serio —insistió Montse—. Me has conocido en un mal momento, eso es todo. Por lo general no soy así. Incluso hay quien me encuentra encantadora —pudo bromear.

—Hay epidemia de malos momentos, ¿verdad?

—El mío fue asqueroso —asintió con la cabeza haciendo un gesto de supremo abatimiento.

—Pero ahora..., ¿estás bien?

—No lo sé. Cuando se pasa una temporada difícil, te queda una resaca de aúpa.

—¿Has estado enferma?

—Sí —reconoció.

De nuevo esperaba la pregunta siguiente, los interrogantes que se escondían detrás de su pequeña claudicación. No quería hablar de ello, ni de nada, y menos con él, allí y ahora. Por eso los segundos transcurrieron muy lentos y por ello se extrañó otra vez de que Sergio no le preguntase por su enfermedad. Pensó que él la entendía. Pensó que le evitaba deliberadamente un mal trago, o la incomodidad de decirle que no quería hablar de ello.

Ciertamente no quería hablar de ello.

Aunque sí de otras cosas.

Por primera vez.

—Se llama Arturo —le confesó—, y salíamos juntos hace un año.

—¿Erais novios?

Montse se encogió de hombros.

—Supongo —dijo no muy segura.

—¿Rompisteis?

—Simplemente dejamos de... Bueno —se enfrentó a ello en voz alta—, él dejó de verme.

—Se volvió loco, claro.

—Oh, sí, se volvió loco —sonrió Montse.

—Y acaba de salir del manicomio, se le notaba.

—Su familia tiene una casa en una de las urbanizaciones. Él va y viene. Hacía mucho que no lo veía.

—¿Fue por... esos problemas de los que acabas de hablarme?

—Sí.

—Entonces no se portó bien contigo.

—No, no se portó bien.

—¿Le odias?

—No —dijo, pero envolvió su respuesta con un gesto de asco.

—¿Todavía le quieres?

Giró la cabeza para mirarle de frente.

—Eres un preguntón, ¿eh? —le soltó con el ceño fruncido.

—Sí —reconoció Sergio haciendo un movimiento de resignación, de tono afirmativo, con la cabeza.

Tardaron un poco en echarse a reír, sólo un poco. Pero lo hicieron al unísono, liberándose de sus últimas energías negativas, de sus miedos y prevenciones, dando paso a una inicial sensación de libertad con la que se arroparon.

Tal vez por ello, un par de metros más allá, Montse volvió a oírse a sí misma diciendo algo que no esperaba, pero que le salió del alma, con todo su dolor, aunque con una especial sinceridad.

Algo tan simple como:

—No, ya no le quiero.

Trece

El camarero dejó las dos limonadas sobre la mesa y, antes de irse de nuevo, Sergio sacó una moneda de quinientas pesetas del bolsillo y se la tendió. Esperó el cambio, se lo guardó y volvieron a quedarse solos.

La mesa, aunque apartada del muro sobre el que transcurría la carretera, no estaba precisamente rodeada de silencio y paz. Además, de la piscina del pueblo, pese a la hora, todavía salían algunos bañistas. Eso hacía que muchas veces mirasen a otro lado a causa de algún ruido, o porque alguien saludaba a Montse.

Sergio se dio cuenta de esta última circunstancia y le comentó:

—Nunca te he visto con nadie, salvo con Carolina.

—Es que ella es mi mejor amiga, y a veces pienso que mi única amiga también.

—Sin embargo, todo el mundo te conoce.

—Esto es un pueblo —advirtió ella—. No tiene

nada de raro. Claro que nos conocemos todos, pero en lo que a mí respecta, ya se me ha pasado la época de las pandillas.

—¿A causa de... ese mal momento?

—Supongo.

—Pareces haber madurado mucho y de golpe por culpa de eso.

—¿Ah, sí? —preguntó ella con interés.

—Bueno, no sé, es lo que me parece a mí.

—No, no, si es posible que tengas razón —admitió—. Aunque no me conocías antes, así que no puedes saberlo.

—No te conocía, pero acabas de decir que se te ha pasado la época de las pandillas, y a tu edad lo más normal es salir en pandilla.

—Vaya, eres todo un experto.

—No, qué va.

—Oh, sí. Y encima has dicho lo de «a tu edad» como si tuvieras..., qué sé yo, treinta años.

—A veces creo que los tengo —se justificó Sergio con cansancio.

—No me digas que...

—Todos pasamos malos momentos, no eres la única.

—¿Cuál ha sido el tuyo?

—¿Y el tuyo?

—Yo he preguntado primero.

—Pero tienes tan pocas ganas como yo de recordar lo que no te gusta.

—Vale —admitió Montse.

Se llevó el vaso a los labios para disimular un silencio incómodo y casi lo apuró de un trago, víctima de una repentina sed. Tenía que empezar a despedirse. Cena a las nueve. Y no estaba muy segura de querer verlo después, así que lo mejor sería que no saliera de casa.

Sin saber por qué, intuía que volver a verlo, tan seguido y a solas, podía convertirse en algo peligroso.

Sergio pareció captar sus pensamientos.

—¿Saldrás después?

—No, hoy no.

—¿Por qué?

—Quiero ver un programa de la tele —mintió.

Su rostro mostró elocuentemente su desencanto.

—¿Y mañana? ¿Por qué no nos vemos aquí? —señaló la piscina.

—Nunca vengo a la piscina del pueblo —dijo ella—. Tenemos una en casa y prefiero bañarme allí. Menos gritos, salpicones y todo ese rollo.

—¿Quedamos el veinticinco de febrero del año que viene?

—¿Qué? —se echó a reír Montse.

—Supongo que, si te lo pido con tiempo, no habrá problema.

—No seas burro —siguió riéndose—. Después de mañana por la mañana, viene mañana por la tarde.

—Vale, entonces, ¿nos vemos mañana por la tarde?

¿Era una cita?

—Sí, claro, estaré por aquí —dijo ella tratando de que no lo pareciera.

—Pues brindo por ello —Sergio levantó su vaso y también lo vació.

—Bien —suspiró Montse—. Ahora he de irme.

—Te acompaño.

Ella detuvo su ademán de ponerse en pie.

—No, no hace falta.

—Pero si no tengo nada que...

—Sergio, que no, gracias.

Su tono fue tan irrefutable como su mirada.

El chico se quedó clavado en su asiento.

—Hasta mañana —se despidió ella suavizando la situación con una sonrisa.

—Hasta mañana —la correspondió él.

Era la tercera vez que se despedían a solas y la tercera vez que ella echaba a andar sintiendo sus ojos clavados en su cuerpo. Pero no era la típica mirada del admirador que te desnuda con la mente. Era una mirada cargada de sentimientos confusos. Pudo percibir la ansiedad, la desazón, un cúmulo de energías y tormentas que caían sobre ella.

Le fue difícil no girar la cabeza.

Le fue difícil no apretar el paso y mantenerse serena.

Y le fue aún más difícil dejar de pensar en todo aquello, en la novedad que representaba, la sorpresa, el suave color de las sensaciones que sentía.

Tanto que acabó rindiéndose a la evidencia: no podía dejar de hacerlo.

Catorce

Inició el ascenso de la pendiente que conducía a su calle pensando en Sergio y en las tres ocasiones en que había estado con él, incluida la primera, tan curiosa y ridícula, cuando notó una presencia cerca de ella. Al levantar los ojos del suelo, lo vio.

Arturo.

Se quedó paralizada. No sólo no se lo esperaba, sino que fue como si la atacara a traición, como si él pudiera haber adivinado sus pensamientos. Supo que se había quedado blanca por la impresión, aunque él no pudiera notarlo, rodeada por las primeras sombras de una noche estrellada.

—Hola, Montse.

Estaba a unos cinco metros, de pie, aunque seguramente había estado esperándola sentado en la parte baja del muro de los señores Caldentey. Sólo dio un par de pasos en su dirección, así que, después de todo, los pocos metros que aún los separaban eran igual que un abismo.

Montse logró reaccionar.

Continuó caminando y trató de pasar de largo a su lado.

No lo consiguió. Arturo la retuvo cogiéndola del brazo. Montse hizo un gesto de furia para soltarse.

—Espera, por favor —le pidió el chico.

—¿Qué quieres? —le lanzó toda su ira en forma de mirada, una mirada cargada de reproches y desprecio.

—¿Cómo estás?

—¿Es eso? ¿Te interesa únicamente mi salud? Pues ya lo ves: muy bien. ¿No se nota?

—¿De verdad estás bien?

—¿Preocupado a estas alturas? —le disparó verbalmente ella—. ¿A ti qué te parece? No tengo aspecto de muerta, ¿verdad?

—Eres injusta —susurró él con dolor.

—¿Yo? ¿Injusta yo? —pareció sorprenderse Montse.

—No tuve muchas opciones.

—Tuviste una —se puso el dedo índice en el pecho y agregó—: Yo. Pero pasaste de mí.

—¿No lo entiendes? —elevó la voz Arturo—. No quería verte...

—¿Qué, morir? Vamos, puedes decirlo, ya lo he superado.

El muchacho bajó la cabeza. Montse experimentó un torbellino de sensaciones. Los recuerdos cruzaron su mente como si ésta fuese transparente. Eran como nubes sin rumbo, pero nubes compactas, llenas de momentos que un día fueron inolvidables.

Y había pasado tan sólo un año, aunque parecía que todo se remontara a otro tiempo y otra dimensión.

—El amor es hasta el final, ¿sabes? —le dijo imponiéndose a su culpable silencio—. No vale para pasarlo bien y cuando van mal dadas...

—Tuve miedo —confesó Arturo.

—¿Qué te crees que sentí yo? ¿Miedo tú? ¡Yo sí que tenía miedo, y estaba sola! ¿Dónde estabas tú cuando esperaba la muerte en el hospital? ¡Mierda, Arturo!, ¿dónde estabas?

—Lo siento. Ahora...

—Ahora soy otra —no le dejó hablar.

—No es verdad.

—Sí lo es, mírame.

Arturo seguía con la cabeza baja.

—Mírame —repitió Montse con más fuerza en la voz.

Lo hizo. Ella se había jurado no llorar. Él, en cambio, parecía roto y a punto de hacerlo.

—De acuerdo —dijo el chico—, algo sí has cambiado, pareces más dura.

—Al contrario. De dura nada. Ahora amo la vida porque sé lo que es estar a punto de perderla. Me siento mejor, como persona, y también, feliz y contenta. Pero aún tengo miedo, vivo y duermo con él. Y es porque aún me siento sola y me cuesta adaptarme a cuanto me rodea desde que me dieron el alta. Pero sé que saldré adelante.

—Por favor, déjame que...

Volvió a quedarse cortado.

—¿Quieres intentarlo de nuevo o es sólo que te sientes culpable? Continúas siendo tan egoísta como ya lo eras antes, aunque yo no me diese cuenta.

—¿Egoísta?

—No me importa, en serio. Ya no —le mostró las palmas de sus manos desnudas—. Me duele pero no me importa. Yo estaba en el hospital y tú ya salías con Mercedes. Por cierto, ¿cómo está? Hace mucho que no la veo.

—Fue una locura. Igual hubiera podido fumarme unos porros o beber hasta emborracharme —quiso justificarse él.

—No me vale —negó Montse—. Te buscaste a otra y ya está, y encima fue ella, «Doña Caliente», ideal para hacerte olvidar, porque todo el mundo dice que es muy fogosa. Pero da lo mismo, de verdad. Dejémoslo así. Dicen que el primer amor no se olvida y yo no te olvidaré, aunque estoy empezando a comprender que lo nuestro sólo fueron fuegos artificiales.

Por primera vez, y tras aguantar estoicamente el chaparrón verbal, Arturo la miró con dureza.

—¿Es por ése? —preguntó.

—¿Quién?

—Ya sabes a quién me refiero. Ése con el que estabas.

—Es un amigo. Acaba de llegar al pueblo, aunque eso a ti no te importa.

—Has estado un par de veces con él.

—Exacto —frunció el ceño al darse cuenta del comentario—. ¿Me espías?

—No. Me lo han dicho, nada más.

—¡Genial! —suspiró molesta—. ¡Desde luego un pueblo es lo ideal para disfrutar de intimidad! ¿Tienes a muchos correveidiles a sueldo?

De pronto pareció cansarse de todo aquello. La ira aumentó y, sobre todo, la necesidad de escapar, de echar a correr. Su habitación estaba a menos de treinta pasos.

—Bueno, ya vale, ¿qué quieres?

—Nada —murmuró él con dolor.

—Entonces buenas noches —dijo ella.

Reanudó su camino, lo esquivó con miedo de que volviera a retenerla y, al no encontrarse oposición, ganó seguridad, confianza, y acentuó el ritmo de sus pasos.

Fueron exactamente treinta y dos hasta meterse en su habitación, a salvo.

Quince

—Quiere volver —sentenció Carolina.

—No, no lo creo. Se siente culpable y nada más.

—Oye —hizo un gesto terminante su amiga—: lo que yo te diga. Quiere volver.

—Pues no me dijo nada.

—Tía, si es que tal y como lo cuentas, aún no sé cómo no echó a correr. Y no te digo que hicieras mal, qué va. Yo en tu caso, te juro que le pego una patada entre las piernas, así, de buenas a primeras, y luego, si puede, hablamos.

—Pues yo pienso que no. Y no me importa. Ni le culpo. A fin de cuentas la mayoría de la gente todavía me ve como un bicho raro, una especie de... monstruo de Frankenstein.

—¡Hala!, ¿qué dices?

—En serio. Puede que aún me quiera, no te lo discuto, pero esto... —se tocó el pecho con un dedo.

—Yo creo que te equivocas. Lo que pasa es que Arturo se ha dado cuenta de que metió la pata y que fue un inmaduro. ¿Aún sale con Mercedes?

—Ni idea.

—Si sale, que lo dudo, no le dura ni este verano.

—Bueno, ella es muy... convincente. Fíjate en lo poco que tardó en saltar sobre él en cuanto estuve fuera de circulación.

—Pero si no pegan ni con cola. Mercedes es un pendón desorejado, ideal para inmaduros como Arturo —repitió poniendo el dedo en la llaga.

—Mira, me da igual, en serio. Ya lo he superado.

—No habías vuelto a verlo, que es otra cosa. Ahora que ya te has enfrentado a él, sí que puedes superarlo. ¿Y Sergio?

La pregunta de Carolina la golpeó de lleno, porque no la esperaba y porque, desde que su amiga había llegado a su casa, no habían hecho otra cosa que hablar del encuentro de la noche pasada con Arturo. Ni siquiera se habían dado un baño en la piscina pese al calor. Estaban tiradas en las tumbonas, al sol, disfrutando del silencio de la mañana, todo un lujo teniendo en cuenta que Dani todavía seguía en la casa.

—¿Qué pasa con Sergio? —se traicionó Montse.

—«¿Qué pasa con Sergio? ¿Qué pasa con Sergio?» —la imitó Carolina poniendo una cara ridícula—. A ver, ¿qué quieres que pase? ¿Lo has visto?

—Sí, ayer.

—¡Huy, pero qué cerda! —su amiga se incorporó hasta quedar sentada de cara a ella—. ¡Cuenta, cuenta!

—No hay nada que contar —dijo Montse despacio, alargando algunas vocales.

—¡Y un cuerno!

—Nos tropezamos casualmente y estuvimos charlando un par de horas, nada más.

—¿Casualmente? ¡Y qué más, rica! ¿Habéis quedado?

—Para esta tarde.

—¡Huy, huy, huy! —se llenó de sospechas Carolina—. ¡Una cita!

—No es una cita, sólo hemos quedado.

—Ya, y yo soy Leonardo di Caprio reciclado y de paso. ¡No me vengas con historias!

Logró hacerla reír.

—Te gusta, ¿lo ves? —insistió Carolina.

—¿No decías que era mono? —se justificó Montse.

—¡Es monísimo, tía! ¡Y un sol, se le nota! ¡Si es que me parece genial!

—Pues no va a pasar nada, así que no te dispares.

—Ya.

—¿Crees que soy tan directa como tú?

—Te lo repito: es lo que te convendría este verano. Un poco de marcha loca, aunque sólo sea para desquitarte y ponerte en onda.

—¿Con él?

—Con él.

—Lo pensaré.

—A veces te daría una bofetada. ¿Cuántas veces crees que vas a encontrarte a un chico así y al que, encima, le gustas? Oye, que no somos *top models*. No estamos mal... —se pasó las manos por la cintura e hizo un gesto lleno de coquetería—, pero desde luego no somos *la* Schiffer —y volvió a cambiar de tema, tan súbitamente como era su costumbre, para preguntar de pronto—: ¿Le has dicho ya lo tuyo?

—No, ¿por qué habría de hacerlo?

—¿Qué tiene de malo? No tienes el sida ni nada de eso, ¿vale?

—Quería que fuéramos a la piscina esta mañana —bajó la cabeza Montse.

—Y en lugar de aceptar, te quedas aquí.

—Me da corte —le confesó.

—No se lo digas de momento, pero la verdad es que con ese traje de baño tampoco se te nota nada.

—¿Tú te bañarías en público con este bañador?

—Tampoco es tan espantoso —mintió Carolina—. Además, tarde o temprano, si sigue en el pueblo, se lo dirán. Todo el mundo lo sabe y en cuanto le vean dos veces más contigo...

—Déjalo. No quiero pensar en ello —y se levantó para echarse al agua.

—Dios, cómo te gusta —suspiró su amiga.

—No seas boba.

—Si no quieres decírselo, es que te importa.

—A veces te odio.

—Y yo a ti —le sacó la lengua Carolina—, porque a estas alturas de julio, aún no me he comido una rosca, y tú, mientras, deshojando margaritas: que si Sergio, que si Arturo... A ver si va a tener que darme algo a mí también para que me ponga de moda... ¡Eh, eh! ¿Qué haces? ¡No, no, que está muy fría!

Montse la estaba salpicando a conciencia, con todas sus ganas.

TERCER LATIDO

Dieciséis

Nada más salir de su casa y cerrar la puerta, escuchó los latidos de su corazón y supo que sí, que Carolina tenía razón. Aquello era una cita.

Su primera cita de verdad desde...

¿Por qué, si no, se había arreglado tanto? Había buscado la ropa más adecuada para parecer informal pero al mismo tiempo estar bien y sentirse guapa o parecérselo a él. ¿Por qué se sentía feliz? ¿Por qué reía?

Tal vez fuese una locura, pero desde su operación, todo lo era. A veces se decía que vivía un tiempo prestado, que en otras circunstancias ya estaría muerta. Así que todo lo que hiciera desde entonces era un regalo, aunque viviera cien años. Un regalo muy hermoso que debía aprovechar.

Sí, le gustaba Sergio.

Era... diferente.

Había en él algo intangible, extraño, algo que no alcanzaba a comprender. Y esa magia era lo que más la desconcertaba. Cada vez que recordaba su cara, el brillo de sus ojos, su timidez, y su miedo, y su inseguridad, lo veía lleno de una sensibilidad desconocida. A su lado, y sólo había pasado junto a él unas pocas horas, se sentía a gusto, en paz. Todo cambiaba.

Como si Sergio fuese el futuro.

¿Absurdo? Tal vez. ¿Prematuro? Posiblemente. Y más después del encuentro con Arturo, que le había abierto todas las heridas, especialmente la de la frustración. ¿Qué sabía de Sergio? Nada. No era más que un misterio.

Un misterio.

Recordó la célebre frase que su profesor de Literatura repetía constantemente: «La vida es un misterio por descubrir, no un problema que resolver».

Bienvenida al misterio.

Ni siquiera se dio cuenta de que había llegado al pueblo. Sus pensamientos la habían acompañado todo el camino. Trataba de amargarse el momento diciéndose que él era un ave de paso, y al segundo se decía que no, que tal vez se quedase como había sugerido. Trataba de inculcarse un poco de dureza y calma, y al segundo pensaba en Carolina y en su estímulo. Trataba de convencerse de que ya lo había pasado bastante mal con Arturo como para repetir la experiencia tan rápido, y al segundo comprendía que necesitaba lo mismo que todo el mundo, lo que se buscaba sin descanso y a veces por instinto, sin darse cuenta: amor.

Así que decidió dejarse llevar. Necesitaba tiempo.

Y esperar.

Sergio estaba en la puerta de la piscina, sentado sobre una hermosa moto de buena cilindrada que era la admiración de los críos y menos críos que la observaban.

Diecisiete

La música sobrevolaba por encima de sus cabezas llenando el recinto con su fuerza y penetraba en ellos por cada uno de sus poros, impregnándolos, saturándolos. El sudor emergía de dentro a fuera y la música fluía en sentido inverso, consiguiendo la catarsis perfecta. Y en medio de la pista, rodeados por otras decenas de acólitos, su libertad cobraba forma, estallaba con el éxtasis de sus sentidos saturados.

Montse abrió los ojos un momento. Le gustaba bailar con los ojos cerrados, dejándose llevar. Y hacía mucho que no bailaba, una eternidad. Tanto que casi ni recordaba cuándo había sido la última vez, ni qué canción era su favorita por entonces. También aquello formaba parte de un pasado que se le antojaba lejano. Se dio cuenta de que Sergio estaba mirándola y volvió a cerrarlos. Su mirada la acompañó. Era igual que una caricia. No se sentía desnuda ante ella, sino protegida y a salvo.

Lo había pillado mirándola casi una hora antes. Y ahora ella deseaba hacer lo mismo, mirarle a él, bailando, moviéndose con buen ritmo. Una vez, para saber y comprender que era real, no un sueño.

Volvía a ser una chica normal.

Una chica normal saliendo con un chico... ¿normal?

Vestía bien, con clase, y sus modales no eran vulgares, ya lo había comentado con Carolina. Ahora, además, estaba la moto. No entendía mucho de máquinas como ésa, pero aunque él le dijo que no era más que una de 125, lo cierto es que parecía buena, y estaba cuidada, reluciente.

¿Cómo podía estar buscando trabajo en Vallirana alguien con una moto así?

La música cambió de golpe, se hizo más estridente, más hipnótica. Casi al unísono, los dos dejaron de bailar, aunque fue Montse la que puso cara de asco. Sergio sonrió y le abrió el camino para salir de la pista, ahora con el personal bailando con mayor fiereza. Tardaron un poco en llegar a la barra del local porque iban a contracorriente, pero cuando lo hicieron, se sintieron a salvo del caos que dejaban a sus espaldas. Sergio le acercó los labios al oído para hacerse entender mejor.

—¿Qué quieres tomar?

—Limonada.

—Vale, espera.

Se apartó de su lado y se incrustó en la barra, entre una rubia muy neumática y una morena sugerente que al instante le dieron un soberano repaso visual, de arriba abajo. A Montse incluso le pareció que la morena le decía algo, aunque no estaba segura. La rubia fumaba con descaro. Chicas de bandera. Dos buenas piezas.

Y de alguna forma supo que él muy bien podía estar con ellas, por muchas cosas, desde el atractivo hasta la clase que destilaba.

Pero no estaba con ellas, sino acompañándola.

Sergio pagó dos refrescos de limón y regresó a su lado. Montse vio cómo la morena le daba un último repaso visual. La rubia ya había desistido. Le tendió uno de los vasos y, de común acuerdo, se apartaron un poco más, hasta situarse en un rincón desde el cual la música no los alcanzaba de lleno ni les impedía hablar, aunque de todas formas no podían hacerlo en voz baja, ni siquiera en un tono natural.

—Bueno, pues no está mal esto —dijo él, señalando la discoteca.

—Es lo único que hay —manifestó ella—. Todo el mundo viene a Molins.

—Desde luego, en Vallirana no hay muchas oportunidades.

—¿Y en Tarragona?

Sergio la miró extrañado, sin comprender.

—¿Qué solías hacer en Tarragona? —dijo Montse.

—No demasiado, estudiar y todo eso —divagó él—. No soy muy asiduo de discotecas.

—Vaya, lo siento.

—No, si me encanta estar aquí. No soy muy asiduo porque a estos sitios o vienes acompañado o es un palo. Y puesto que estamos juntos...

—¿Por qué no has seguido estudiando?

—Pienso hacerlo, pero de momento... —apartó su mirada de ella, y Montse pudo asomarse a un océano de inseguridades—, creo que necesito otras cosas, encontrarme a mí mismo, ¿no se dice así?

—Y si estudias, ¿qué harás?

—Iba a empezar arquitectura.

—¿Arquitectura? —se asombró Montse—. Sopla. Desde luego lo tuyo...

—¿Tan raro es que quiera tomarme las cosas con calma?

—No, pero... reconoce que es desconcertante.

—Sí, supongo que sí.

—Lo que no entiendo... —comenzó a decir ella.

Sergio no la dejó continuar.

—Hace calor aquí —dijo interrumpiéndola deliberadamente—. ¿Salimos fuera un rato?

Montse lo observó. Más que una propuesta era una decisión, porque ya se movía buscando la salida, empujándola suavemente. Y se dio cuenta de que, por alguna razón, de la misma forma que ella no quería hablar de su operación, Sergio no quería hacerlo de su pasado, ni de su presente.

Estaban empatados.

Alguien pasó cerca de ellos corriendo y los empujó sin ninguna consideración. Parte del líquido del vaso que sostenía su compañero se derramó y le salpicó un poco.

—¡Eh! —gritó de pronto él—. ¿Estás ciego o qué?

El chico que lo había golpeado se detuvo en seco. Era tan alto como Sergio y parecía algo bebido.

—¿Pasa, tío? —le dijo en tono fanfarrón—. Lo siento, ¿vale?

—No estás solo —volvió a gritar Sergio.

—Ya, por eso vengo aquí. Si no, me quedaría en casa —le plantó cara el otro.

—Sergio, vamos —le pidió Montse.

De pronto no lo conocía. Se había puesto furioso, con los nervios a flor de piel. ¿O era por culpa de su pregunta y ésa era la forma de querer escapar de ella? Tuvo que presionarle el brazo con fuerza.

Su compañero vaciló un segundo.

Luego la miró.

Y mientras la paz irrumpía de nuevo en su ánimo, se relajó y dijo, revestido de un cierto cansancio:

—Sí, vamos.

Pasaron junto al *quedón* y salieron fuera.

Dieciocho

La moto enfiló la suave pendiente de la calle a velocidad mínima, pero no llegó a detenerse delante de la casa de Montse. Lo hizo a unos diez metros, por la parte de arriba. En el mismo momento de frenar, Sergio paró el motor. El silencio recuperó su dominio sobre aquel espacio lleno de quietud bajo el tachonado de estrellas que cubría el cielo. Las escasas luces que se veían, mortecinas y amarillentas, quedaban ocultas tras los muros, los árboles, la exuberancia de las plantas y las cortinas que cubrían los cristales de las casas. No estaban solos, pero se sintieron solos.

Montse bajó de la moto y se quitó el casco. Agitó la cabeza y se pasó una mano por el cabello, todavía muy corto. En el hospital habían insistido en ello, pese a sus protestas iniciales, y al final ya no le había importado. Sergio también se quitó el casco, pero no hizo ademán de apartarse del vehículo, así que se quedó encima, con las dos piernas apoyadas en el suelo, una a cada lado. Mientras ella seguía agitando la cabeza, él volvió a mirarla con palpable intensidad.

Ya no ocultaba sus sentimientos detrás del miedo o los nervios.

Cuando Montse se quedó quieta, se enfrentó a sus ojos.

Y al silencio.

—¿Qué pasa? —lo rompió ella.

Hubiera esperado cualquier otra cosa, menos aquello.

—Eres preciosa —dijo él.

Se le disparó el corazón y estaba segura de que el color había huido una vez más de sus mejillas. No dijo lo que dijo por coquetería, sino bajo el influjo de su convicción.

—No, no lo soy.

—Lo eres, no seas tonta.

—Entonces gracias.

—Es curioso —mencionó Sergio—, la primera vez que te vi...

Se quedó cortado, y en ese momento Montse hubiera deseado que no lo hiciera, más aún, que estallara y se lo dijera todo. Necesitaba oírlo. Había tomado muchas medicinas para el cuerpo, pero ninguna para el alma.

—Sigue —le invitó.

—No me hagas caso —bajó la cabeza él, haciendo uno de sus gestos característicos—. Me siento ridículo.

—¿Por qué?

—¿Cuántas veces te han dicho lo mismo?

—Ninguna, es la primera —le dijo la verdad.

Esperaba otra frase, un ritual tipo «están todos ciegos» o «me alegro de haber sido yo el primero» o... Pero Sergio continuó con la cabeza baja. Montse no supo qué hacer, y más cuando él la miró de nuevo y captó toda aquella intensa humedad en sus ojos.

—Sergio... —vaciló.

Si hubo alguna pregunta en sus labios, murió antes de nacer. Y lo mismo las dudas, que estallaron como pompas de jabón. Los ojos de su compañero lograron el equilibrio. El resto lo hizo él mismo, reaccionando. Primero cogió el casco de ella y metió el brazo por el hueco de la hebilla. Después se puso el suyo.

—Tengo que irme —dijo demasiado deprisa.

No lo detuvo, aunque quiso hacerlo. La moto volvió a atronar en el silencio. Sergio le dio gas una sola vez, antes de levantar una mano como despedida e iniciar el descenso de la calle.

Diecinueve

—¿Que se fue? —exclamó Carolina.

—Sí, así —chasqueó los dedos para ser más explícita.

—Pero... —evidentemente no lo entendía, y repitió—: Pero...

—Fue asombroso —dijo Montse—. En un momento me estaba diciendo que era preciosa y al siguiente...

—Algo harías.

—Que no.

—Tía, que los tíos no se van así como así.

—Pues él lo hizo. Y parecía a punto de echarse a llorar.

—¡No!

—No me lo invento, ¿vale? Tenía los ojos totalmente húmedos.

—Ah, vale —hizo un gesto como si de pronto lo entendiera todo—. ¡Qué fuerte!

—¿Qué es lo fuerte? —se perdió Montse.

—¿Es que no lo ves? Ya no se trata de que le gustes, ¡se ha colado! ¡Y lo ha hecho a lo bestia!

—¡Anda ya!

—Tía, que se ha colado y tiene miedo —insistió Carolina antes de poner cara de éxtasis y agregar—: ¡Qué bonito! ¡Un romántico!

—¡Y tú, qué ingenua!

—¿Yo? Pero bueno, ¿estás ciega o qué? ¡Un chico capaz de llorar por lo que siente es...! ¡Por favor, Montse! ¿No tiene ningún hermano? ¡Yo quiero que alguien me diga que soy preciosa y se ponga a llorar a moco tendido!

—¿Y si sabe lo mío? —preguntó ella.

—Pregúntaselo.

—No puedo.

—Pues entonces, díselo. Pero no creo que sea eso.

—¿Por qué?

—Pues porque basta con mirarle a los ojos —repuso Carolina—. Los tiene de carnero degollado. ¡Pero si es un dulce! No sé por qué no atacas. Y con lo que queda de verano por delante, ¡una pasada! Ojalá me ocurriera algo así a mí, ibas a ver tú. Mejor dicho, de ver nada, porque me perderías de vista hasta septiembre.

—O sea, que soy la chica del año, la de la gran suerte.

—Mira, si lo dices por esto —puso un dedo en el pecho de Montse—, pase. Pero si lo dices por lo demás... No tienes más que pensar en Arturo y ahora en Sergio. Es que ni punto de comparación, vaya.

—Yo estaba enamorada de Arturo —reconoció Montse.

—Y yo de Nacho hace un año, mira ésta. Y bien colada que estaba. Ahora en cambio ni yo lo entiendo. Lo veo y me pregunto si tenía el gusto en salva sea la parte. Además, tú lo has dicho: «estabas». Eso es pasado. O aún...

—No, ya no.

—¿En serio?

—¿Con lo que me hizo?

—Eso no significa nada. Si le quisieras, lo perdonarías y amén.

—Pues no le quiero, aunque a veces recuerdo cosas, lugares..., ya sabes. El otro día, cuando hablamos, lo comprendí. Me queda un ligero dolor, una resaca, ¿entiendes? Pero se acabó.

—Eso es cierto —calculó Carolina—. Los sentimientos siempre dejan un poso, ¿verdad?

—Yo más bien diría que es una herida. Dicen que, cuando te cortan un brazo o una pierna, tú aún sigues sintiéndolo y hasta te dan ganas de rascarte los dedos porque te pican.

—¡Ay, calla! —se estremeció su amiga.

—Soy una experta en hospitales, ¿recuerdas? —bromeó Montse.

—Pues mira tú qué bien.

Se detuvieron de pronto. Había un coche aparcado delante de la casa de Montse. Y un coche nada típico. Las siglas de una cadena de televisión eran visibles en el capó y la puerta. Carolina deslizó una subrepticia mirada en dirección a su compañera, que había perdido su recién nacida sonrisa tras la broma. Pudo captar el abatimiento, el súbito cansancio, el peso sobre los hombros cayéndole encima, la profunda impresión causada por aquella aparición.

—Por favor —le suplicó Montse—, entra conmigo.

—Claro.

En el fondo habría deseado dar media vuelta y echar a correr, pero sabía que era inútil, así que entró en su casa seguida por Carolina.

Veinte

Eran dos, un hombre y una mujer. En el coche, antes de entrar, habían visto cámaras, focos y otros aparatos, pero ellos no tenían nada en las manos. Estaban sentados en la salita, en el sofá, acompañados de casi toda la familia: su padre, su madre y Dani. Sólo faltaba Julio. Ella bebía una Coca-Cola y él, una cerveza. Al verlas entrar, se pusieron de pie.

—Montse, hija —sonrió su madre—, estos señores han venido...

—¿Qué quieren? —quiso saber ella sin perder ni un segundo, comprendiendo de todas formas que era una pregunta estúpida.

La brusquedad de su hija hizo que Maite se quedara muy cortada.

—¿Montserrat? —la mujer le tendió una mano que ella fingió no ver.

—Montse —trató de decir algo su padre.

—¡Vas a salir en la tele! —gritó Dani.

Carolina llegó junto a ella y le cogió una mano. Fue

una presión muy fuerte y directa, hermosa. Montse no se sintió sola. Su valor se vio reforzado.

—Escuchen... —empezó a decir.

Lo hizo demasiado débilmente. Los gritos de Dani, dando saltos y repitiendo que iba a salir en la tele, ahogaron sus palabras. El hombre fue el que tomó la iniciativa, probablemente viendo el desconcierto familiar y la sensación de desamparo de su colega al quedarse con la mano extendida sin que Montse se la estrechara.

—Somos del programa *Un tema a debate* —la informó—. Ella es Judit Comas y yo soy Jaime Salanova, y nos encargamos de la producción y otros aspectos, porque en verano...

—Lo siento, pero no voy a ir —dijo Montse.

—No entiendo —vaciló la mujer—. Es un programa de gran audiencia, el número uno de los viernes y...

—Por favor —pidió Montse.

Los visitantes miraron a los cabezas de familia, tal vez en busca de ayuda, tal vez porque no entendían la situación.

—Nena, yo creo que deberías ir —le dijo su madre.

—¿Por qué?

—Porque es bueno hablar de ello.

—¿Para quién? —preguntó Montse—. Yo quiero olvidar y nadie me deja, y encima quieres que me exhiba como un bicho raro para que me vea todo el mundo y para que aquí sigan mirándome como a una especie de monstruo.

—No eres un monstruo —manifestó su padre.

—¿No? Entonces, ¿a qué viene tanto interés por mí? ¿Por qué quieren entrevistarme?

—No estarás sola —dijo la mujer de la tele—. Habrá otras dos chicas en tus condiciones, y un chico con un riñón...

—Y los padres de un chico que murió y gracias a él se salvaron...

Los detuvo a ambos. Recordó instintivamente la humedad de los ojos de Sergio la noche pasada, porque a ella se le llenaron de golpe de lágrimas y apenas pudo contenerse.

—Por favor, ¿quieren dejarme en paz?

Hubo un silencio muy tenso, tanto que hasta Dani se calló y los miró a todos desconcertado. La presión de la mano de Carolina aumentó. Era como si a través de ella le gritara «¡así, dales duro, bien!».

—Podríamos hacerte una entrevista aquí mismo —insistió todavía, en un intento desesperado, el hombre.

—¿No lo entiende? —casi gimió Montse—. Quiero que se olviden de mí. Quiero ser una persona normal y corriente, no un fenómeno, ni... No soy la única, ¿vale? Aunque mi caso diera que hablar, no soy la única. Ustedes se montaron la publicidad, pero ahora ya basta, por favor, ya basta.

Llegó al límite y, antes de estallar, de dejarse llevar por las lágrimas, dio media vuelta y salió de la sala corriendo, sin dejar la protección de la mano de Carolina, de la que tiró para que la siguiera. Todavía antes de meterse en su habitación y cerrar la puerta, pudo escuchar a sus padres iniciando las primeras excusas por su insólito comportamiento.

—¡Qué vergüenza, por Dios! ¡Perdonen! Es que todavía... —se avergonzaba su madre.

—Lo pasó muy mal, ¿entienden? Justo ahora está volviendo a la normalidad y... —la justificó su padre.

—¿No saldremos por la tele? —gritaba Dani, enfadado.

Veintiuno

Sabía que era un sueño.

Y a pesar de ello, tenía miedo, un miedo que la paralizaba en la realidad, mientras que en el sueño era capaz de moverse.

Caminaba por un lugar muy oscuro, muy denso. Era como si estuviese inmersa en un espacio en el que el aire fuera sólido, como una nube de algodón, ya que podía verlo y tocarlo, así que sus movimientos eran lentos y premiosos. Le costaba avanzar, le costaba respirar. Y sobre todo le costaba despertar, a pesar de que desde el sueño ella se lo gritaba a sí misma.

—¡Vamos, despierta! ¡Hazlo, ya! ¡No es más que un sueño! ¡Ya no estás aquí, no es más que una ilusión!

Entonces percibió el tam-tam. Un batir de tambores lejano, pero fuerte, que iba alejándose muy despacio de ella.

No veía nada.

Tan sólo sabía que, cuando escuchara el último golpe, todo habría acabado, porque el tam-tam provenía de sí misma, de su corazón.

El tam-tam eran los latidos de su corazón.

La oscuridad se hizo más profunda, y con ella creció la angustia. Extendió una mano, buscando algo a lo que agarrarse, y de pronto lo encontró: otra mano. Se sintió a salvo, pero sólo fue una breve sensación. La otra mano la sujetó con firmeza y tiró de ella para alejarla aún más de los latidos.

Se resistió, luchó.

Pero la mano era implacable, y la oscuridad, cada vez mayor, más asfixiante. Amenazaba con cerrarse del todo y aprisionarla para siempre, por toda la eternidad.

Entonces se rindió, comprendió que ya no podía más.

Se rindió y, justo en este momento, de alguna parte, le llegó una voz.

—¡Hay uno, hay uno!

La esperanza.

Todo cambió en un segundo. La mano la soltó, la oscuridad se rompió con una tenue claridad y el sonido del tam-tam retumbó en sus oídos.

Se despertó.

Y suave, muy suavemente, abrió los ojos.

Estaba en su cama, en su habitación, en el mundo real.

Recordó otra cama, otra habitación, otro mundo, el del hospital, la mañana que abrió los ojos y le dijeron que estaba viva.

Viva.

Veintidós

Había creído verlo un par de veces, pero no estaba segura de ello. Ahora sí, su imagen se le hizo clara durante un pequeño instante, entre las plantas del otro lado del muro. Fue a su habitación, se puso una camiseta por encima del bañador y unos vaqueros. Luego salió a la calle. Le dio la impresión de que él iba a marcharse.

—¡Sergio!

El chico se detuvo y giró la cabeza. Le cambió la cara. Dibujó en ella una sonrisa luminosa, como el día, y regresó.

—Hola.

—¿Qué tal? —le preguntó Montse.

—Bien —se limitó a decir él.

—¿Dónde estuviste ayer? No se te vio el pelo.

—Tuve un trabajo.

—¿Ah, sí?

—Nada importante —evadió los detalles.

—Carolina y yo fuimos a buscarte.

Se azoró, pudo notarlo, aunque no se imaginó por qué, ni le dio importancia alguna.

—¿A la pensión?

—Claro.

—No me dijeron nada.

—Bueno, tampoco dejamos ningún recado. Si hubiéramos podido subir, sí, te habríamos preparado alguna sorpresa en tu habitación, pero la dueña no parecía muy dispuesta.

—No quiere a nadie extraño en las habitaciones.

—Ya —pasó del tema Montse—. ¿Qué haces?

—Te estaba esperando.

—¿Por qué no llamabas? —se extrañó ella.

—No me atrevía.

—¡No seas tonto! Si hubiera sabido que estabas aquí...

—También me dio corte la otra noche —reconoció Sergio.

Montse se puso ligeramente colorada, pero lo dominó. Quería oír lo que tuviera que decirle. Al ver que él no seguía, lo intentó por su parte.

—Sí, me di cuenta —manifestó—. Casi echaste a correr.

—Soy un idiota, lo siento.

—No eres un idiota. Ningún idiota le dice a una chica que es preciosa de la forma en que tú me lo dijiste. Y hay momentos en que a una le hace falta que le digan algo así, ¿sabes?

Se miraron fijamente, bañados por el sol de julio que caía a plomo pese a la presencia de numerosas nubes negras que ellos ni notaban.

En ese instante, Montse se rindió.

Y deseó que él la tocara, aunque sólo fuera un roce.

—Montse, yo... —comenzó a decir.

Tal vez necesitaba de la noche y el silencio para expresarse, porque lo cierto es que ahí acabó todo. Los dos fueron despertados de su abstracción por el ruido de un coche doblando la esquina. Miraron hacia él y Montse reconoció el viejo cacharro de su madre, que sólo usaba para hacer recados en el pueblo o para no volver demasiado cargada de la compra.

Odió la interrupción y su mala suerte.

—Es mi madre —suspiró.

Sergio dio un paso atrás. El coche no aparcó delante de la casa, sino que dio un giro y se quedó ya de cara a la puerta del garaje. Maite bajó de él sudorosa y congestionada.

—¡Ay, hija, qué bien! —fue su primer saludo—. Ayúdame con esto, ¿quieres? —miró a su acompañante y, sin cortarse, preguntó—: ¿Quién es tu amigo? ¿No me presentas?

Montse quiso que se la tragara la tierra.

—Mamá, Sergio. Sergio, mi madre.

Ya no había magia. Eran un chico y una chica, en verano, con una señora madre en medio.

—¿Qué tal, señora? Encantado.

—Bien, hijo. ¿Nos echas una mano? Entre los tres...

Sergio lo hubiera hecho igualmente, porque ya se movía en esa dirección después de darle la mano. Fue a la parte de atrás del coche y cogió la mayoría de las bolsas él solo.

—¿Qué haces? ¡Déjanos alguna! —protestó con

simpleza la mujer—. ¡Oh, qué fuerte! Bueno, vale, como quieras.

Entraron los tres, aunque Montse sabía que Sergio tardaría menos de un minuto en irse.

Veintitrés

Esperó justo lo prudencial y, al ver que su hija no abría la boca, entró en el tema directamente.

—¿Quién era?

Montse ya se lo esperaba.

—Un amigo, mamá.

—No lo tengo visto.

—Porque es nuevo. Está buscando trabajo.

—¿Aquí?

—Sí.

—¿Y cómo lo has conocido?

—Mamá, qué pregunta, pues por ahí, en la piscina.

—Parece buen chico.

—Lo es —aseguró Montse asintiendo con la cabeza.

—¿Y Arturo?

Ésa era la clase de indiscreción que no esperaba ni comprendía. Se sintió irritada una vez más por el poco tacto de su madre.

—Arturo nada, mamá. ¿Por qué?

—Bueno, antes...

—Tú lo has dicho: antes.

—¿Os habéis enfadado? Ya decía yo que durante estos meses... Bueno, no te preocupes, a tu edad os enfadáis y desenfadáis como si nada.

Montse la miró con horror. ¿A su edad? Pero, ¿de qué estaba hablando? A veces tenía la sensación de que seguía tratándola como a una niña, y más después de su enfermedad. Tuvo que contar hasta tres para calmarse.

—Déjalo, mamá, ¿quieres?

—¿Por qué? A mí me parece que eso de que el hijo de los Gaspar se interese por ti es...

—¿Así que es eso? Porque es el hijo de los Gaspar, ¡hala, a abrirse de piernas!

—¡Montse! —se escandalizó su madre.

—Si es que dices cada cosa, mamá. ¿A mí qué me importa de quién sea hijo Arturo, Sergio o quien sea? ¿De qué vas?

—Yo, de nada, pero su madre me comentaba el otro día lo bien que le caías, y recordaba que el verano pasado ibais juntos y hacíais una pareja estupenda.

—Genial —suspiró Montse disponiéndose a salir de la cocina.

—Montse —la detuvo su madre—, ¿qué te pasa?

—¿A mí? ¡Nada!

—Has cambiado, hija. Estás... irritable. Y no lo digo por lo de ayer con los señores de la tele, que ya lo hablamos y lo entiendo, aunque no lo comparta. Lo digo porque... ¡Ay, mira, no sé!

—Mamá, hemos cambiado todos —le dijo seriamente—. Tú estás como un flan y todo el día encima de mí. Pero yo me siento de fábula, puedes creerme, y estaré mejor cuando todo el mundo deje de recordarme lo que pasó. Y si a pesar de todo he cambiado, para bien o para mal, es porque me vi muerta, y eso da qué pensar, ¿entiendes? Ahora las cosas más sencillas me parecen las más importantes, y viceversa, porque las importantes se me antojan idiotas. Aquellos días, cuando creí que me iba de este mundo, me decía a mí misma que era injusto. ¿Por qué yo? Ahora estoy viva y... aún me hago la misma pregunta. Pienso en esa otra persona que murió para que yo...

—Calla, por favor —se estremeció su madre.

Se calló, pero no porque se lo acabara de pedir temblando su madre, sino porque su padre apareció en la cocina recién llegado a casa del trabajo, aunque ninguna de las dos lo había oído entrar por la puerta.

—¡Hola, familia! —saludó el hombre.

Le dio un beso a Montse. Luego le pasó un brazo por los hombros.

—¿Qué hora es? —se extrañó Maite.

—Hoy he salido antes —anunció su marido—. Y esta noche nos vamos a cenar al Maremagnum, todos.

Montse lo miró horrorizada.

—¿Esta noche?

—Sí, ¿por qué?

Su padre salía poco. No podía decirle que había quedado. Había muchas noches. El verano estaba lleno de ellas, aunque cada una fuese especial, diferente, sobre todo cuando había alguien esperándote.

Había quedado con Sergio rápida y fugazmente al irse.

—No, no, por nada, papá. Me parece bien —dijo dándole un beso en la mejilla y abrazándole con cariño.

Veinticuatro

La tormenta de verano descargaba con fría furia sobre el pueblo. Todo se había puesto repentinamente negro, en cuestión de minutos, y todo volvería a ser diáfanamente azul en cuestión de pocos minutos más. Era lo típico.

No le gustaban los días de lluvia.

Eran días tristes, melancólicos. Y aunque la lluvia fuese como aquélla, súbita y pasajera, a ella le poblaba el alma de vértigos fúnebres. La inundaba de sentimientos negativos.

Lo peor había pasado ya. Hacía rato que ni siquiera tronaba y algunos rayos de sol atravesaban el cielo, pero aún llovía aunque con menor intensidad. Optó por descolgar el auricular del teléfono tras asegurarse de que estaba sola y nadie la oía. Marcó el número de Carolina y esperó.

Su amiga descolgó el teléfono al otro lado antes de que pudiera morir el primer zumbido.

—¡Sí! —gritó.

—Soy yo.

—Ah, hola. ¿Has visto qué porquería de día?

—Mejor que llueva y se mojen los bosques, y que no tengamos que ir a apagar incendios como cada año, ¿no?

—Ya, me olvidaba que eres «Doña Nohaymalqueporbiennovenga» y «Doña Positiva» en una sola pieza. ¿Qué hay?

—Ha venido a verme.

—¡Huy, qué osado!

—Bueno, no ha entrado, estaba en la calle. Luego sí, cuando ha llegado mi madre.

—¿Tu madre? Cuenta, cuenta.

—No es lo que crees. Estábamos hablando y, justo en lo mejor, ha aparecido mamá, cargada, y él la ha ayudado a meter las bolsas. Luego se ha ido. Hemos quedado.

—¡Bien!

—Lo malo es que papá quiere ir esta noche a Barcelona.

—Bueno, que sufra un poco.

—Ha estado encantador, parecía...

—¿Parecía qué? ¡Vamos, sigue!

—Ha dicho que era un idiota por haber salido corriendo la otra noche; yo le he dicho que ningún idiota le dice a una chica que es preciosa de la forma en que él lo hizo...

—¡Muy bueno, diez puntos!

—...Y justo cuando me miraba con esos ojitos tan especiales..., ha llegado mi madre.

—¡Anda que tu socia!
—Inoportuna del todo, aunque no sé qué habría podido pasar.
—Tal y como lo pintas, ése se te declara a la primera.
—¿Declararse?
—Sí, sí, declararse, a la antigua, «me gustas», «te quiero» y cosas así.
—No creo —vaciló Montse.
—¿Qué harás si lo hace?
—¿Yo? Nada.
—Hazme caso, dale pie.
—Sí, mujer, eso.
—¡No lo pienses más!, ¿quieres? ¡Es perfecto!
Montse no respondió a los efusivos consejos de su amiga. Calló y el silencio llegó hasta el otro lado del hilo telefónico.
—Vale, perdona —dijo Carolina—, pero es que... ¡Jo, tía, que te lo mereces!
—Gracias.
—Si fuera yo... ¡Huy, si fuera yo!
—Pero yo no soy tú.
—Yo me lo ligaba. Mira, tal y como tengo el cuerpo, que no sé qué me pasa, que unos días tengo ganas de gritar y otros de llorar, porque es como si me faltara hasta el aire...
—A eso se le llama adolescencia —dijo Montse.
—Vale, abuelita, ponte una mecha y enciéndete.
—No quiero problemas sentimentales —se justificó ella.
—¡Tener un rollo de verano no es tener un pro-

blema sentimental, a no ser que te lo tomes tan en serio como te lo estás tomando! ¡Pásate un buen verano, sin preguntarte nada, sin plantearte nada, dejándote llevar!

Cada vez acababan hablando de lo mismo y Carolina le decía también lo mismo. Montse no lograba hacerle ver su punto de vista y, aunque lo hiciera, su amiga no la escuchaba. Era tozuda hasta...

—Debería decirle lo que me pasó, ¿verdad?

—Sí, del todo. Ya te lo dije.

—Lo haré.

—Sé legal, es lo mejor.

—Vale, vale. Espera —miró hacia la puerta de la sala al oír el timbre exterior—. Han llamado y no sé si hay alguien para abrir.

Escuchó a su madre haciéndolo. Luego, una voz, y de nuevo los pasos de su madre, ahora acercándose a la sala.

—Te llamaré después —se despidió Montse.

—¿Es él?

—¡Y yo qué sé, adiós!

Colgó exactamente en el momento en que su madre asomaba la cabeza por la puerta.

—Montse —anunció Maite con infinita prevención y tacto—. Está aquí Arturo.

Veinticinco

Estaba alucinada, pero disimuló para que no se le notara, y menos su madre. Primero miró por la ventana. La lluvia había perdido su fuerza, pero se resistía a abandonarlos y caía de manera persistente. No podían salir fuera, ni verse allí, en la sala, donde su madre podía oírla. Para hablar en privado sólo se le ocurría su propia habitación. Algo que la molestaba profundamente.

Arturo no tenía por qué entrar allí.

Salió de la sala y se encontró con él. Su madre se alejaba hacia la cocina. La primera mirada fue de ira, pero la de su visitante era de súplica. No cambió la suya, ni dijo nada. Le bastó con hacer un movimiento de cabeza para que Arturo la siguiera. Montse entró en su habitación, esperó a que él hiciera lo mismo y cerró la puerta. Sólo entonces se cruzó de brazos, se volvió hacia él y se le enfrentó, decidida.

—¿Qué quieres?

Arturo no la miraba a los ojos, sino que recorría con la vista su entorno. Parecía buscar cambios, recuerdos. Montse volvió a sentirse llena de ira, como si estuviese robándole su intimidad.

—¡Eh! —llamó su atención—. Te he hecho una pregunta. Contéstala y vete.

—Quiero que me perdones —pidió él.

—¿Así de fácil?

—Sí.

—¿Y por qué habría de perdonarte?

—Porque te echo de menos.

—Oh, vaya. Tú a mí, claro.

—Te quiero.

La golpeó de lleno, en mitad de la conciencia. Hacía un minuto Carolina y ella estaban hablando de Sergio, y el que se declaraba era Arturo. Pensó que la vida estaba llena de curiosos contrasentidos.

¿Notaría él que se había puesto roja? No había mucha luz en la habitación, sólo la claridad difusa que entraba a través de la ventana.

Ahora sí que la miraba a ella.

Un par de semanas antes, la petición de Arturo tal vez hubiera tenido otro significado.

Ahora...

—Arturo, por favor —suspiró cansada.

—¡Entiéndelo! —casi gritó él—. ¡Ya te lo dije: creí que ibas a morir, todo el mundo lo decía, y fui cobarde, pero sólo porque no quería verte morir.

—¡No es una justificación! —le espetó Montse—. ¡Era cuando más te necesitaba!

—¡Lo sé! ¿Crees que no lo sé? Me volví loco...

—¿Con Mercedes? ¿O ella era tu aspirina? —apretó las mandíbulas con determinación—. Yo sí me volví loca. No sabes lo que es estar allí esperando cada minuto, mientras todo se desvanece a tu alrededor. No lo sabes, Arturo. Por eso ya no soy la misma.

—Sí lo eres. Los sentimientos no cambian.

Dio un paso en su dirección, tratando de cogerla, pero Montse lo apartó con algo más que genio. Con auténtica fiereza.

—Se acabó —le dijo tajantemente—. En mi vida ha habido un vértice, un antes y un después. Tú perteneces al antes. Olvídame.

—Te estás vengando.

—¿Sí? ¿Tú crees que es una venganza? ¿Tan inmadura piensas que soy? Te diré algo: estoy bien, muy bien, pero... ¿y si pasa algo?

—¿Algo?

—Sí, algo, un rechazo retardado o una recaída o... qué sé yo, algo, ya me entiendes. ¿Qué harás?

—Esta vez no te fallaré.

Montse no se lo pensó dos veces. Se quitó la camiseta, con un gesto de absoluta determinación, y se quedó ante él sólo con el sujetador. La cicatriz, de arriba abajo, apareció con toda su crueldad.

—¿Y esto, Arturo? —se la tocó con la mano—. ¿Podrás soportar esto?

El muchacho estaba boquiabierto. No espantado, ni con expresión de asco, ni siquiera de dolor, sólo sorprendido.

—Montse... —trató de decir algo.

—Vete, por favor —le repitió ella.

—Déjame...

—Vete, ¿vale? Ya sabes el camino.

No se puso la camiseta. Lo empujó hacia la puerta. Fue el único contacto. Pero esta vez, él no se atrevió a tocarla ni a tratar de retenerla. Le bastó con mirarla a los ojos. Se encontró tras la puerta, en el pasillo, al otro lado. Montse la cerró de golpe.

Y se quedó sola, en su habitación.

Acompañada por su imagen en el espejo.

No estaba llorando; al contrario, se sentía fuerte, libre.

Sobre todo, libre.

Por eso, al pensar en Sergio, de pronto, y sentir que se le disparaba el corazón, supo finalmente lo que tenía que hacer.

Veintiséis

El cielo volvía a estar despejado, sin nubes. La tormenta de verano había cesado hacía rato, pero ella seguía mirando arriba, como si esperase algo, mientras moría el día y el anochecer asomaba por la esquina del tiempo.

Ya estaba vestida y arreglada. Se irían al Maremagnum en cinco o diez minutos.

Todos. La familia feliz.

Comprobó la hora y se mordió el labio inferior. Sus dudas aún la hacían debatirse entre llamar a Carolina para que ella fuese a decirle a Sergio que no podrían verse o...

¿Y por qué no?

La visita de Arturo le había despejado la última clave.

Ahora lo tenía claro y no le importaba nada más.

La vida era riesgo, y acertar o equivocarse era parte de ese riesgo. Cada día tenía su propio valor. Cada minuto contaba. La felicidad de hoy no se recupera mañana, porque mañana es otro día.

Hoy, hoy, hoy.

Ahora.

Tomó la decisión cuando sus reflejos ya la habían tomado por ella: se había puesto en pie adelantándose a la orden de su mente. Salió de la habitación y buscó a sus padres. Los encontró en el baño: él, afeitándose de nuevo, y ella, acabando de peinarse.

—Salgo un momento —les dijo—. Me recogéis en la piscina, ¿vale?

—¿Cómo que...? —saltó el hombre.

—¿Dónde vas? —inquirió la mujer.

—He de ver a alguien. Había quedado y no me he acordado de llamar.

—Bueno, vamos todos, bajas y te esperamos —propuso su padre.

—Yo ya estoy, y vosotros aún tardaréis diez minutos. Me adelanto y listo.

—¿Y vas a ir corriendo hasta la piscina?

Ésa era su preocupación, y su madre se traicionó al decirlo. Lo que no querían era que corriera y se cansara, que acelerara los latidos de su corazón. Por eso casi se echó a reír. Si ellos supieran lo acelerados que sonaban en aquel momento.

—Tranquila, que voy caminando —le dijo sin enfadarse—. Y tú no te preocupes, papá. Estaré lista. Tocáis el claxon y subo.

Los dejó con su última protesta en los labios y caminó en dirección a la puerta. No echó a correr hasta que no hubo puesto cierta distancia entre ella y su casa, y era verdaderamente la primera vez que lo hacía. Luego sí, bajó las calles de la urbanización hasta el pueblo y, una vez en él, continuó corriendo, jadeando, pero sintiéndose fuerte, como no se había sentido en las pasadas semanas.

Ya no iba a pasarle nada.

Era demasiado feliz.

Miró de nuevo la hora. Habían transcurrido diez minutos desde que salió de casa. Sus padres no tardarían demasiado. Tenía que encontrarlo antes de que ellos hicieran sonar el claxon reclamándola o su madre se asomara desde la carretera, mirara hacia abajo y pudiera verlos. Por eso no había querido que la acompañaran.

Llegó a las escalinatas de la piscina y se asomó al muro. No lo vio, pero las bajó igualmente, porque el espacio era lo bastante grande como para que pudiera estar en cualquier parte. Una vez abajo, primero fue hacia el bar, pasando entre las mesas abarrotadas de personas que tomaban algo o cenaban temprano. Sergio no se encontraba allí. Fue hacia las pistas; luego, hacia el recinto de la piscina. Nada. Empezó a creer que él ya se había ido al ver que no aparecía, o que aún no había llegado por alguna razón. Iba a regresar arriba, abatida, cuando lo vio bajando las escaleras.

Echó a correr hacia él.

—¡Sergio!

El muchacho se detuvo en el último peldaño. Miró en su dirección. Sonrió al verla correr y bajó a su encuentro. Montse no se detuvo hasta casi saltarle encima. Sus ojos brillaban.

—Escucha —le dijo jadeando—, no puedo quedarme, he de ir con mis padres a cenar a Barcelona, pero no quería irme sin decírtelo.

—Ah —mostró su desilusión él antes de fruncir el ceño ante la sonrisa de Montse—. ¿Qué te pasa?

—¿Tú qué crees?

—No sé, pero pareces otra.

—Soy feliz.

Y lo abrazó.

Uno, dos, tres largos segundos. Una corta pero intensa eternidad.

En ese momento se escuchó un claxon.

Montse se apartó de él. Le bastó con verle la cara para saber que lo había entendido, a pesar de su perplejidad.

—He de irme, ¡adiós!

—¡Montse! —la retuvo con su voz.

Ella se quedó quieta en el primer peldaño de la escalera.

—¿Qué?

Sergio vaciló.

—Nada —dijo con incierta vaguedad.

Montse volvió a bajar el escalón. Cubrió los tres pasos que la separaban de su contacto y se detuvo muy cerca de él. El claxon del coche sonó por segunda vez.

—Dilo —le pidió.

Lo hizo.

Aunque sus ojos hablaron antes que su voz.

—Te quiero —dijo Sergio.

—Ya lo sé —sonrió ella—, pero quería oírtelo decir.

Su sonrisa lo atrapó, le hizo perder el temor final, lo obligó también a sonreír, despacio, al comprender que era verdad, que no se trataba de un sueño.

Todo estaba allí, en sus ojos, en esas sonrisas. Después, se miraron a los labios, mutuamente, y tras una cómplice aceptación se acercaron, todavía sin tocarse.

No llegaron a hacerlo.

Sólo sus labios.

Pero fue como si uno y otra se fundieran en un solo ser.

El claxon sonó por tercera vez, sólo que ahora Montse fue incapaz de oírlo.

CUARTO LATIDO

Veintisiete

Abrió los ojos y se quedó inmóvil, en la cama, apenas cubierta por el revoltillo de la sábana.

Miró el techo, pero no lo vio. El techo no existía. La realidad estaba más allá de él, en forma de cielo azul.

Alzó una mano y fue como si pudiera tocarlo. Tocarlo y sentirlo. Llevarlo hasta dentro de sí misma.

—¡Dios! —suspiró.

Era cierto, no lo había soñado. Además, sus sueños solían tener forma de pesadillas, no de besos o de felicidad agazapada a flor de piel.

Bajó la mano y se tocó los labios con la yema del dedo corazón. Lo hizo con suavidad, para no borrar la huella de aquel beso, su único beso antes de salir disparada escaleras arriba. Había sido suficiente para llenarla, para hacerla sentir saciada, más feliz de lo que había sido jamás. El resto de la noche no había importado, aunque sus padres y sus hermanos tuvieron que preguntarle qué le pasaba, porque no paraba de hablar, reír, gritar.

Le habría gustado decírselo, anunciarlo a los cuatro vientos, pero eso hubiera sido demasiado. Le pertenecía a ella y sólo a ella. Bueno, a ella y a él.

—Sergio —musitó.

Todo había sido tan imprevisto. Todo, tan rápido. Todo, tan increíble.

Tal vez sí. Tal vez la vida estuviese en deuda con ella y empezara a pagarle.

Se había enamorado.

Así de fácil, sin problemas. Lo único que tenía que hacer era aceptarlo.

Creerlo.

—Sergio.

Se pellizcó para estar segura. Le hizo daño y se alegró de ello. Después continuó en la cama, arropada por el silencio, disfrutando de la paz del primer día del resto de su vida. Cerraba los ojos y ahí estaba él. Los abría y lo mismo. Había una justicia.

De los interrogantes de su agonía, de los «por qué yo», a los «por fin yo», a la confirmación de su felicidad.

La vida era una cosa muy rara.

—Sergio —suspiró por tercera vez con un murmullo.

Veintiocho

Salió del baño metida en su albornoz, sólo por si se encontraba con alguien de la familia en el breve trecho de tres pasos que separaba la puerta del lavabo de la de su habitación. No se tropezó con nadie y, al sentirse de nuevo a salvo, se lo quitó y lo dejó caer directamente al suelo. Completamente desnuda, se miró en el espejo.

El amor hacía milagros.

Se encontró guapa, perfecta. Y no era una ilusión.

No perdió demasiado tiempo mirándose a sí misma. Ya había tomado la primera gran decisión de su nueva vida. Primero se puso la ropa interior; después escogió unos pantalones cortos y raídos por el muslo. Finalmente cogió una de sus viejas blusas, apartadas y olvidadas, que dormía su retiro en el fondo del armario. Una blusa que había sido su favorita, con un escote que en su momento había alarmado a su padre y a su hermano mayor. Un escote en forma de pico.

Respiró con fuerza, llenando sus pulmones de aire, antes de volver a mirarse en el espejo. La cicatriz asomaba por el vértice del pico y ascendía casi hasta su cuello. No parecía tan dramática como viéndola en su totalidad, pero sí anunciaba el camino de la realidad, era el testimonio de todo, un grito silencioso que ya no quería ocultar.

Y le pertenecía. Esa cicatriz la acompañaría el resto de su vida.

Su vida.

Sin ella habría muerto, así que no era el recuerdo de un horror, sino la llave de su supervivencia.

Ya no se echó atrás. Buscó las zapatillas y se las calzó sin necesidad de agacharse, completado así su atuendo estival. Salió de la habitación y caminó hasta la cocina para buscar algo que desayunar. Era sábado, así que su padre estaba en casa, y también Julio. Les oyó hablar antes de entrar.

—¡Hola, familia! —saludó con vitalidad.

—¡Vaya horas! —rezongó su hermano mayor.

—¿No irás a desayunar ahora? —dijo su madre.

—Hola, cariño —dijo su padre.

Fue el primero en verlo, el primero en darse cuenta. Montse se percató de ello, pero fingió ignorarlo. Lo mismo hizo con su hermano cuando el silencio de su padre le obligó a mirarla. Quedaba Maite, que aún parloteaba de espaldas a ella. Montse fue a la nevera y sacó la leche. Luego se dirigió a la estantería, de donde cogió un paquete de cereales. Actuaba con normalidad y lo único que pedía al cielo era que no le hicieran preguntas. No habría sabido qué decir.

Se sirvió los cereales y los bañó en leche.

Su madre se giró con la cafetera en la mano.

Se encontró con las miradas de su marido y de su hijo.

Entonces vio la cicatriz, el escote.

Pero por encima de todo, la vio sonreír y comer con buen apetito.

Todos, hasta Montse, se dieron cuenta de su espasmo y del súbito enrojecimiento de sus ojos. Pero de nuevo nadie habló hasta que lo hizo la mujer.

—Bueno, hoy pensaba preparar chuletas —dijo buscando un atisbo de consistencia en la voz—. ¿Os apetecen?

—¡Oh, sí!

—¡Bien!

—¡Humm...!

Y todos se pusieron a hablar de chuletas, como si fuera el tema de más candente actualidad del mundo.

Veintinueve

Carolina llegó cuando Montse acababa de terminar su desayuno y se disponía a arreglar un poco su habitación por propia iniciativa. Ni siquiera había empezado, así que salió dispuesta a dejarlo para mejor ocasión, porque ardía en deseos de contárselo todo a su amiga. No había querido llamarla por teléfono. Había cosas que debían decirse cara a cara. Con el rostro iluminado corrió hacia la puerta y ni siquiera la dejó entrar.

—¡Ven, vamos a la piscina! —la empujó—. ¡Cuando te lo cuente...!

—Espera, ¡espera! —trató de detenerla la recién llegada—. Tengo algo para...

—No, primero yo. Nada es más importante, te lo aseguro.

—Cuando sepas qué es ya...

Fue inútil. Montse era un manojo de nervios a

punto de estallar. La arrastraba, la dominaba, así que Carolina acabó cediendo. Llevaba un sobre en la mano, pero Montse no le dio ninguna relevancia al detalle.

Al llegar a la piscina, a escasos metros de la esquina izquierda de la casa, Montse empujó a su amiga sobre una de las tumbonas. Ni siquiera esperó a que se acomodara.

—¿Dispuesta? —anunció.

Carolina levantó la mano con la que sostenía el sobre, poniendo cara de pillina.

—Ya está —dijo Montse pasando de ello—. ¡Ya está!

Logró captar su atención. La mano, con el sobre, se quedó quieta.

—¿Qué es lo que ya está? —preguntó.

—¡Anoche nos besamos! —saltó Montse.

—¿Sí?

—¡Siiiiiiií! —gritó alargando la «i» hasta el infinito.

Fue extraño. El rostro de Carolina no reflejó el entusiasmo que se suponía debía reflejar. Más bien se llenó de sombras y dudas, como si no entendiera algo concreto.

Miró el sobre que seguía sosteniendo su mano.

Y lo dijo.

—Acabo de verlo. Y me ha dado esto para ti.

Ahora fue Montse la que parecía no entender nada.

—¿Qué?

—Me ha dado esto —Carolina se lo tendió tras repetirlo—. Y lo que menos parecía era... feliz. Incluso le he preguntado qué le pasaba, pero no me ha dicho nada. No entiendo...

Montse cogió el sobre. Su ceño quedó fruncido, evidenciando que ella tampoco entendía muy bien lo que sucedía. Carolina reparó por primera vez en el escote de su amiga, que dejaba ver la cicatriz de su operación. De todas formas ya ninguna de las dos habló. Aquella carta centraba todo su interés.

Rasgó el sobre y extrajo de su interior una hoja de papel pulcramente escrita a mano. Tuvo que sentarse, junto a Carolina, porque las piernas, de pronto, eran incapaces de sostenerla. Luego, sus palabras formaron un extraño rosario de difícil comprensión, porque justo en el día más feliz de su nueva vida le abrían de nuevo la puerta del pasado, del dolor.

«Querida Montse: No sé muy bien cómo empezar estas líneas, ni qué decirte en ellas, sobre todo para no hacerte ningún daño. Anoche, cuando me oí a mí mismo decirte lo que llevo en mi corazón, me asusté mucho, tuve miedo. Todo desapareció cuando nos besamos y entonces supe que hasta el más extraordinario de los sueños es posible si se ama. Tus labios sellaron un montón de heridas y el tiempo dejó de contar para mí. Lo que buscaba, lo que necesitaba estaba allí, en ese momento preciso. Y cuando te fuiste, me quedé flotando en una hermosa nube de colores. Eso fue anoche.

Pero a lo largo de una noche sin dormir, como acabo de pasar, he comprendido que los sueños son traidores, porque a veces te anestesian y, al despertar de ellos, todo vuelve a ser como era antes. Hay muchas cosas que no cambian, aunque el amor, siempre él, las haga más llevaderas. Te estarás preguntando a qué viene esto, qué pasa, pero por mucho que escriba y escriba, no lo entenderás. Casi ni lo entiendo yo mismo.

Hay una verdad: te quiero. Me he enamorado de ti. No era mi intención, pero ha sucedido. Verte fue sentirme atraído por ti, y conocerte, desear dártelo todo. Sin embargo, no es tan sencillo y no quiero hacerte daño. Ya te lo han hecho antes, así que es mejor no seguir con esto. También a mí me han hecho mucho daño y tengo heridas invisibles en el alma. Soy un cobarde, lo reconozco. Pero no puedo decirte más. La culpa es mía y sólo mía. Tenía que haberme ido antes, sin llegar a esto. Eres especial y mereces toda la felicidad que, estoy seguro, no tardarás en encontrar. Yo, probablemente, no conoceré ya a nadie como tú. Supongo que lo tendré merecido, por jugar con el destino.

Gracias por darme una esperanza. Te quiero.»

Y firmaba con un simple «Sergio».

La carta tembló en sus manos cuando éstas se dejaron caer sobre el regazo. A su lado, oyó la voz quebrada de Carolina musitando:

—¡Anda la... !

—¿Cuándo te la ha dado? —preguntó de pronto Montse.

—Pues... ahora mismo, antes de llegar. No hace ni dos minutos.

Carolina se fijó en su amiga. No parecía estar destrozada, ni hecha polvo, ni a punto de llorar. Sus ojos miraban hacia un punto invisible situado en algún lugar, delante de ella.

Con fija determinación.

—¡Vamos! —dijo Montse levantándose de golpe.

Treinta

Llegaron a la pensión La Rosa corriendo, jadeando y cubiertas de sudor. Carolina no hacía más que mirar a Montse, temiendo que fuera a caerse de un momento a otro a causa de aquel esfuerzo. Pero si aún dudaba de sus fuerzas, aquello la convenció de una vez por todas de que su amiga ya estaba perfectamente. O bien, su ciega determinación la empujaba hasta límites insospechados.

La dueña de la pensión estaba en la recepción, controlando algo en su libro de anotaciones. Se sobresaltó al verlas aparecer, tanto por la forma intempestiva con que entraron como por su aspecto de absoluto descontrol. Parecía imposible que pudieran articular palabra, pero Montse lo logró.

—Sergio... ¿Dónde está... Sergio, por... favor?

Tardó un segundo en reaccionar, un segundo que se le antojó una eternidad.

—Se ha ido —anunció la mujer—, no hace ni cinco minutos.

—¿Dónde... se ha ido? —insistió Montse.

—No lo sé —la dueña de la pensión las miró como si estuviesen locas—. Ha pagado, ha recogido sus cosas y se ha ido con su moto.

Montse y Carolina se miraron. La primera tenía las mandíbulas apretadas, pero ni aun así daba muestras de rendirse. La segunda estaba expectante.

—¿Ha dejado algún recado, algo...? —insistió Montse.

—No, nada —la mujer la miró con cierta alarma—. ¿Estás bien?

No lo estaba, pero le dijo que sí y salieron fuera. Se quedaron en mitad de la acera sin saber qué hacer, aunque Montse centró su atención en la carretera, primero hacia arriba, después hacia abajo.

—Ha vuelto a Tarragona —dijo reflexiva—, pero ¿por dónde?

Carolina entendió su razonamiento. Había dos caminos. Uno era por la N-340 en dirección al puerto de Ordal, para coger la autopista pasado Vilafranca del Penedés, a mitad de camino de Tarragona. El otro, por la misma N-340 pero en sentido contrario, diez kilómetros hasta Molins y allí enlazar con la misma autopista casi desde el comienzo: noventa kilómetros hasta Tarragona. Los dos trayectos eran lógicos pues se tardaba más o menos lo mismo en llegar a Tarragona, pero el primero pasaba por un puerto de montaña y varios pueblos, mientras que el segundo era todo autopista, libre para correr.

—Va en moto, puede que... —vaciló Carolina.

—Le gusta conducir, no correr —Montse miró a la

derecha, en dirección al puerto de Ordal—. Me lo dijo.

—¿Crees que...? —Carolina señaló en la misma dirección en que miraba ella.

—Sea como sea, ya no lo alcanzaremos...

Montse mostró por primera vez su abatimiento; se hundía en un pozo sin fondo.

—¡Espera! —los ojos de Carolina se abrieron como platos—. ¡Ven, deprisa!

La cogió de la mano y tiró de ella. Volvieron a correr, como locas, pero en esta ocasión fue un corto trayecto de doscientos metros. Montse entendió a dónde iban al ver cerca la casa de Carolina. No tuvo tiempo de hacer o decir nada, porque ahora la iniciativa la llevaba su amiga. Fue la primera en meterse dentro, tomando al asalto la sala de estar y dando un buen susto a su hermano mayor, Tomás, que veía un vídeo en la tele aprovechando que era sábado.

—¡Tomás, tienes que ayudarnos, te necesitamos! —gritó Carolina.

—¿Pero qué...? —se alarmó el muchacho, porque encima estaba en calzoncillos.

—¡Tienes que llevar a Montse a Vilafranca, Tomás! ¡Es cuestión de vida o muerte! ¡Vamos, vamos, muévete!

Lo empujó hacia su habitación. Tomás apenas si pudo articular palabra. Montse lo conocía bien. Era un buen tío, una excelente persona y, al contrario que muchos hermanos, que están siempre como el perro y el gato, él adoraba a Carolina; habría hecho cualquier cosa que le pidiese.

Tomás salió de nuevo en menos de diez segundos.

Fue el tiempo que tardó su hermana en explicarle de qué iba la cosa. Era como si la misma Carolina lo hubiese vestido.

—¡Lo atraparás! —dijo ella mirando a Montse con pleno convencimiento—. ¡Si no le gusta correr y con el tráfico de coches que hay en sábado..., lo atraparás! ¡Menudo es éste cuando se pone a zumbar con su 500! —y le palmeó a Tomás la espalda, orgullosa, antes de volver a gritar—: ¡Vamos!, ¿a qué estáis esperando? ¡Cada segundo cuenta!

Treinta y uno

Sergio tal vez no corriera, como le había dicho, pero Tomás sí, mucho, quizás demasiado. Y tan malo sería para su objetivo un accidente como que la policía lo detuviera por alguna infracción o por exceso de velocidad.

Montse, agarrada a él, le pidió que condujera con prudencia sin apartar la vista de delante para intentar ver la moto de Sergio, su casco blanco, una esperanza.

Tal vez hubiera sido todo más fácil preguntándole a la dueña de la pensión las señas de Sergio. Ella debía de tenerlas en su registro.

Bueno, era una posibilidad más.

¿Por qué Sergio nunca se las había dado?

Claro que, ¿para qué dárselas? Ya no vivía en Tarragona.

¿O sí?

Su cabeza estaba a punto de estallar. No comprendía nada, nada en absoluto. De pronto todo era irreal, había sucedido en un abrir y cerrar de ojos y, mientras corrían devorando kilómetros por la carretera, los fragmentos de la carta zumbaban en su mente como aguijones, clavándose en las paredes de su cerebro: «Tus labios sellaron un montón de heridas», «los sueños son traidores», «no era mi intención, pero ha sucedido», «no es tan sencillo», «también a mí me han hecho mucho daño», «jugar con el destino»... Sus palabras y los recuerdos llenaban su mente: la timidez de Sergio, su miedo, la atracción que ambos habían sentido desde el primer día, pero contra la que, de una forma u otra, ahora se daba cuenta, habían luchado.

Montse tenía sus razones, ¿y él?

La moto se situó a la izquierda para adelantar una fila de coches parados delante de uno de esos semáforos que se activan según la velocidad de los vehículos y que salpican las entradas de los pueblos. Uno de los automovilistas hizo sonar el claxon en señal de protesta por el adelantamiento. Tomás ni se inmutó. El semáforo cambió de nuevo a verde cuando llegaba él, así que aceleró y volvió a darle gas.

Montse, ante la sensación de velocidad, sentía el vértigo del miedo mezclado con esperanza. La moto de Tomás volaba y, sin embargo, sus esperanzas empezaron a agonizar al ver Vilafranca del Penedés a lo lejos, a unos tres kilómetros.

La autopista para Tarragona se cogía pasado el pueblo, no antes, y en sábado, los numerosos semáforos que jalonaban el paso de la carretera por la localidad ejercían de continuos tapones. Quizás ésa era la clave.

Parecía imposible, pero, aprovechando la larga

recta, hicieron los tres kilómetros en un tiempo récord. Tomás quería cumplir la promesa hecha a Carolina, porque su hermana era peligrosa, capaz de arrancarle los ojos si fallaba.

Al entrar en Vilafranca, se encontraron con una larga doble fila de coches parados a causa del primer semáforo. Tomás repitió el adelantamiento. Llegaron al semáforo sin ver la moto de Sergio.

Y entonces, en el siguiente semáforo, a punto de arrancar en cuanto se pusiera en verde, Montse lo vio.

Sergio.

—¡Allí! —gritó por encima del hombro de Tomás.

La potente máquina de quinientos centímetros cúbicos voló sobre el asfalto.

Treinta y dos

La moto de Tomás adelantó a la de Sergio nada más iniciar esta última la marcha, con el cambio de rojo a verde. Primero, Sergio pareció no entender la maniobra. Después, al ver los gestos de Montse, la reconoció.

Casi se estrelló contra el coche que lo precedía.

Montse temió que no parara, pero, por si había alguna duda, Tomás se colocó por delante para hacerlo frenar. Sergio disminuyó la velocidad, hasta detenerse a la derecha, y subió la moto sobre el paseo arbolado que constituía el bulevar central de Vilafranca. Tomás hizo lo mismo una docena de metros más adelante, suficientes para que su pasajera pudiera hablar a solas con el sorprendido Sergio.

Montse no perdió ni un segundo, ni siquiera para quitarse el casco y dejarlo en la moto de Tomás. Saltó de ella y echó a correr mientras se lo sacaba. Lo acabó de hacer justo al detenerse delante de Sergio. Entonces sus manos cayeron a ambos lados del cuerpo, sin fuerzas, todavía sujetándolo con la derecha. Sergio también se había quitado el suyo. Ambos quedaron como paralizados, incluso sus ojos: doloridos y con la huella de algunas lágrimas los de él, suplicantes los de ella.

La primera palabra tardó en estallar. Una eternidad. Y la pronunció Montse.

—¿Por qué?

No hubo respuesta, sólo dolor.

—¿Por qué? —repitió ella con más fuerza.

—Era mejor dejarlo así —susurró él.

—¿Qué te pasa?

—Nada —Sergio bajó los ojos, rehuyéndola.

—¿Es por esto? —Montse se tocó la cicatriz con la mano izquierda y, al ver que no la miraba, acabó gritando—: ¡Mírame! ¿Es por esto?

—¡No! —exclamó el muchacho.

—Dime una cosa: ¿sabías que la tenía?

—Sí.

—¿Sabes lo que me pasó?

—Sí.

—¿Desde cuándo?

—Desde el primer día —confesó.

—¿Cómo lo supiste?

—Por Dios, Montse, ya basta. Eso no importa.

—Tú lo has dicho: no importa —dijo ella—. Lo único que sí importa es que estoy bien, y aún me he sentido mejor desde que tú... —la emoción le impidió continuar hablando, aunque lo intentó—. ¿No crees que... es tarde para echarse... atrás?

—Nunca tenía que haber sucedido —movió la cabeza Sergio, víctima de un profundo pesar.

—¿Por qué? —volvió a gritar Montse, incapaz de comprenderlo—. Y además, ¿qué importa esto ahora? ¡Ha sucedido y ya está!

—Lo sé —aceptó Sergio.

—Entonces, ¿por qué te vas?

—Por miedo —la miró fijamente—. Te lo decía en la carta.

—¿Miedo de qué?

—Te quiero —dijo él.

No fue una declaración, sino un golpe, un estallido.

—Y yo a ti, por Dios... —gimió ella.

—Pero ha sido tan rápido.

—¿Y qué? Yo era la primera que no quería enamorarme, pero esas cosas no se escogen, pasan y ya está. Ahora te quiero, ¿cuál es el problema?

—Es que... —apretó los puños y las mandíbulas—. ¡No tengo nada! —acabó diciendo—. ¡Acabo de llegar a Vallirana, estoy sin trabajo, no soy nadie, ni siquiera me conoces!

—¿Es que alguien conoce a alguien alguna vez? —repuso Montse—. Mis padres llevan casados veintitrés años y a veces mi madre aún le dice a mi padre que no lo conoce. Para eso decide unirse la gente, para conocerse, para compartir cosas.

—Entonces soy un cobarde —se acusó Sergio.

—Todavía no sé lo que eres, pero sí sé lo que no eres y, desde luego, no eres un cobarde. ¿Por qué no te das una oportunidad y me la das a mí?

—Montse, ¿y si...?

—Sin preguntas —lo detuvo ella—. Ni preguntas ni condiciones. Seguimos y nos damos el tiempo que parece que necesitamos, pero juntos.

Sergio dejó caer la cabeza sobre su pecho.

—Vuélvete conmigo, por favor —le pidió Montse—. Ni siquiera has de preocuparte por el viaje. ¿Ves? Tengo casco.

Casi le hizo sonreír. Los dos sabían que llevaba uno de más, ahora posiblemente oculto en la bolsa de viaje anudada detrás.

—Estás loca —suspiró él.

—Ya lo sé. Creo que, además del corazón, me cambiaron los tornillos de la azotea. Pero estoy segura de lo que hago, te lo juro.

Sergio tenía las manos libres. Se las puso en los hombros. Bastó con ese contacto y el calor de su mirada para que Montse dejara caer el casco al suelo.

Pasó sus brazos alrededor del cuerpo de Sergio.

Y se abrazaron despacio, largamente, sintiéndose, antes de levantar sus cabezas y besarse por segunda vez en su vida.

En su universo, todo era paz y silencio.

Tanto, que ni siquiera oyeron el ruido de la moto de Tomás arrancando de nuevo para regresar a Vallirana.

El hermano de Carolina sonreía con seráfica complicidad.

Treinta y tres

La moto de Sergio se detuvo a unos metros de la casa de Montse, según su costumbre. En el momento de bajar, ella se quitó el casco. No sólo tenía ganas de liberarse de esa coraza, sino también de respirar y, por encima de todo, de hacer lo que hizo cuando él también estuvo libre del suyo.

Abrazarle y besarle.

Sergio pareció asustarse primero, antes de mirar a su alrededor y ver que estaban solos. Luego cayó en la más absoluta de las tentaciones, lleno de aquella dulzura. Cerró los ojos y naufragó en aquel pequeño océano de ternura formado por los brazos, el cuerpo y los labios de Montse. Ella estaba temblando.

—Montse... —le oyó susurrar.

—Despacio, recuerda, despacio —musitó ella, acariciándolo.

Le pasó una mano por la nuca, hundiendo los dedos en su cabello. El nuevo abrazo fue un poco más fuerte. El nuevo beso, aún más cálido.

No querían separarse, pero lo hicieron. Sólo un poco.

Montse deslizó el dedo índice de su mano derecha por el labio inferior de su compañero.

—¿Después de comer? —le preguntó.

—Sí.

—¿No volverás a escaparte?

—No.

—¿De verdad?

—De verdad.

—Te quiero.

—Te quiero.

Otro beso más. Hacía calor. Pero los dos temblaban, con ramalazos de frío recorriendo sus espinas dorsales. Calor y frío, un fascinante contrasentido.

Finalmente sus labios se separaron.

Ante ellos se abría una larga y dolorosa cuenta atrás.

Cuando Montse entró en su casa, pensó que hacía una eternidad que había salido de ella.

Sergio se quedó solo, en la calle, junto a su moto.

Entonces cerró los ojos y rompió a llorar, suavemente.

QUINTO LATIDO

Treinta y cuatro

Carolina asomó la cabeza, en silencio, por la puerta de la habitación de Montse. La pilló completamente desprevenida, de espaldas y ordenando su ropa, que estaba hecha un revoltillo encima de la cama. En ese instante parecía dudar, con una camisa de color frambuesa entre las manos. Optó por echarla al suelo, sobre un pequeño montón de prendas que se levantaba a su derecha.

—¿Haciendo cambio de vestuario? —la asustó.

Montse giró la cabeza.

—¡Eh, tía! —protestó—. Podrías llamar, ¿no?

—¿Por qué? ¿Tienes miedo de que te pille con él? —se burló la recién llegada.

—¡Hala, qué bestia eres! —exclamó Montse.

Carolina cerró la puerta a su espalda y entró. Se sentó en la cama y cogió una blusa.

—Oye, ésta no irás a tirarla, ¿verdad? Es monísima.

—No voy a tirar nada, sólo hago un poco de limpieza —dijo Montse en tono paciente.

—¿Y por qué no me llamabas para algo tan delicado? Sabes muy bien que tienes el gusto al final de la espalda.

—¿Has venido a meterte conmigo?

—Bueno, debería —calculó la visitante—. Hace tres días que no sé nada de ti, ni te veo ni pareces acordarte de que existo.

Montse se sintió culpable. Carolina sabía cómo ponerle el dedo en la llaga. Dejó la nueva prenda que había seleccionado donde estaba y se sentó junto a su compañera. Le pasó una mano por encima de los hombros.

—Vale, lo siento. Perdona —dijo sinceramente.

—Es el sino de las que no tenemos novio —fingió echarse a llorar Carolina, dando rienda suelta a su lado más payaso—. ¡Estamos condenadas a la soledad, porque nuestras amigas guapas se lo quedan todo! ¡Buaaa!

Montse se le echó encima. Carolina no pudo con el ataque, especialmente porque ya se le estaba escapando la risa. Cayó de espaldas, retorciéndose a causa de las cosquillas que le hacía su amiga. Fueron diez o quince segundos de liberación y carcajadas, hasta que la atacante ya no pudo más y las dos quedaron boca arriba, respirando con fuerza y retornando a la calma. Cuando lograron acompasar sus respiraciones, fue Montse la primera en hablar.

—Lo siento —dijo de nuevo—, es que estoy en el séptimo cielo, ¿sabes?

—Ya, ya —asintió Carolina, vehemente.
—En serio, ni siquiera sé qué día es hoy.
—Ya, ya —volvió a decir—. No hace falta que lo jures.
—Bueno, tú decías que fuera a por él, ¿no?
Carolina se incorporó.
—No, si me gusta que sigas mis consejos, faltaría más. A saber dónde habrías ido a parar tú sin ellos.
—No seas fantasma. Hablo en serio.
—Ningún problema. Yo entiendo muy bien que dos son compañía y tres, multitud. Pero ahora que podemos ser cuatro...
—¿Cómo que cuatro?
—Bueno —Carolina se miró las uñas de la mano derecha llena de afectación—, como anoche la nena se ligó a Quiquito.
—¿Te has ligado a Quique?
—Pse.
—¿A Quique Puig?
—No, si te parece será a Quique Martínez —la miró con horror—. ¡Pues claro que es Quique Puig, tía!
—¡Guau! —dijo Montse plegando los labios en señal de admiración—. Qué *puntazo.*
—Pero no es nada serio como lo tuyo, no vayas a creer —le quitó importancia Carolina.
—¡Anda ya, mujer fatal! —la empujó Montse—. ¡Mira que eres fantasma!
—¡Uuuuh! —la asustó.
—Cuenta, ¿cómo fue? ¡Va!
—Nada importante, en serio. Coincidimos en la ca-

fetería, en el lugar adecuado y el momento adecuado. Nos pusimos a hablar, quedamos para después y, ya sabes: «que si me has gustado siempre», «ah, pues yo creía que tú...», «y mira qué bien», y esto y aquello y lo de más allá... Al final un besito y a ver qué pasa.

—¡Jo! —Montse la miró con admiración.

—Venga, pasa de mí. ¿Y tú qué?

—¿Yo?

—Tres días sin verte, después de que lo devolvieras al pueblo, son muchos días. Así que cuenta.

—Pues no hay mucho que contar.

—Pero... —Carolina hizo un gesto de ambiguo misterio, oscilando y moviendo al mismo tiempo la cabeza y ambas manos, así como los dedos.

—Nada, en serio —se encogió de hombros Montse—. Paseamos, hablamos, nos miramos, nos besamos...

—Retrato de una pareja feliz —bautizó la estampa Carolina remarcando cada palabra en el aire.

—Pues sí.

—¿Te ha explicado algo más?

—No, nada.

—¿Le has preguntado?

—No.

—¡Pues sí que...!

—Quiero darle tiempo, en serio —se justificó ella—. Todo esto nos ha cogido desprevenidos y ahora tenemos algo maravilloso que no queremos perder. Yo no quise confesarle lo mío porque estaba aterrorizada; ahora lo sé. Él lo entendió y no me lo ha echado en cara. Y Sergio tiene algo muy dentro de sí, algo que probablemente le hace más daño de lo que yo misma pueda imaginar. Así que no quiero forzarle a nada.

—¿Crees que hubo otra?

—Es probable —reconoció valientemente Montse.

—Y le hizo polvo.

—Es probable —repitió por segunda vez.

—Así que huyó de Tarragona, de su casa, dispuesto a iniciar una nueva vida, y entonces... ¡tú! —anunció de nuevo Carolina como si hablara del guión de una película.

—El día menos pensado me lo contará todo, lo sé. Es sólo cuestión de tiempo. Ahora lo único que queremos es estar juntos, ser felices. Dios mío, Carolina, es tan dulce, tan tierno, tan...

—¿Hablas de un tío o de un pastel?

—¡Vete a freír espárragos!, ¿quieres?

Carolina la abrazó riendo.

—Vale, vale —quiso calmarla—. Si es que me encanta, en serio. Y si pudieras ver la cara que pones...

—No tengo otra.

—Y pensar que al empezar el verano estabas más fúnebre que en un entierro —suspiró su amiga dándole un beso de afecto en la mejilla.

Montse se quedó en silencio unos segundos.

—Cómo cambian las cosas en poco tiempo, ¿verdad? —dijo al fin.

—¿Que si cambian? —bufó Carolina incapaz de hablar en serio dos segundos seguidos—. Fíjate tú que, ahora que tengo a Quique, estoy empezando a plantearme lo de Fernando. A fin de cuentas, a una mujer como yo le gustan los retos.

Esta vez Montse le echó la almohada sobre la cabeza.

Y luego se le sentó encima, sin hacer caso de sus gritos.

Treinta y cinco

El doctor Molins lanzó un largo y profundo suspiro de felicidad al hacer las últimas comprobaciones. En su cara apareció una significativa sonrisa que le iba de oreja a oreja.

—Querida —dijo—, yo diría que nunca has estado mejor.

—¡Bien! —asintió ella.

—Ya puedes vestirte —el médico se puso en pie—. Te aseguro que pocos pacientes míos tienen un estado tan saludable como el tuyo.

—O sea que...

—Mira, si fuera por mí, ya no te querría ver más el pelo al menos en seis meses o un año. Pero para seguir con los exámenes rutinarios, calculo que en septiembre deberíamos echar un nuevo vistazo. Por seguridad.

—O sea que en agosto, ¡estoy libre! —dijo Montse, encantada por la buena noticia.

—Del todo.

—¡Fantástico! —cantó llena de alegría ella.

—A ver —bromeó el médico—, ¿o te creías que ibas a fastidiarme las vacaciones?

—No, no, por favor.

—Pues eso.

Era una persona encantadora. La había ayudado mucho. Supo darle confianza en los peores momentos y esperanza cuando parecía no haberla en ninguna parte. Le caía muy bien, pero el hecho de no verle en todo un mes era la mejor de las noticias.

—Te noto..., no sé, distinta —dijo el doctor Molins desde la puerta, antes de reunirse con los padres de su paciente.

—¿Ah, sí? —se detuvo Montse.

No sabía que se le notase tanto.

—Sí, te brillan los ojos, estás muy alegre, bromeas... En una palabra: pareces radiante.

—Pues no sé —se puso roja sin poder evitarlo.

—Vale, vale, como decís los jóvenes. Sea lo que sea, es bueno. Sigue así. Cuando alguien está enfermo, la cabeza influye más del cincuenta por ciento en la recuperación total. Te espero fuera.

—Voy en seguida.

El doctor Molins salió y la dejó sola. Acabó de vestirse. Pensó que le habría gustado contárselo, pero aún le daba un poco de corte y vergüenza. La gente mayor opinaba todavía que los amores antes de los veinte no funcionaban. Sonreían, decían «oh, qué bien» y cosas así, pero en el fondo se lo tomaban como si los jóvenes estuviesen jugando. No entendían que no era un juego, que el amor a los dieciséis, diecisiete o dieciocho años es casi siempre lo más fuerte y fundamental. Incluso a los quince, como su prima Asun, o a los catorce, como Miriam, la del colegio, que después de cuatro años seguía igual de enamorada de su novio.

Los mayores olvidaban pronto cómo fueron sus años de adolescencia y juventud. O decían que eran otros tiempos, diferentes.

¿Desde cuándo el amor cambiaba con los tiempos?

Acabó de vestirse y salió fuera, donde el doctor Molins estaba asegurándole a su madre que no verla en todo un mes era una buena señal y que no se preocupara.

Treinta y seis

Sergio le tocó la cicatriz con las yemas de los dedos, bajando desde su cuello hasta el nacimiento de los senos cubiertos por el nuevo traje de baño. Montse le miraba a los ojos.

—¿Sientes algo? —quiso saber él.

—Sólo un cosquilleo.

La mano se detuvo.

—Pero el resto del cuerpo lo tengo muy sensible —le recordó con una sonrisa.

Sergio llevó esa misma mano hasta su mejilla y la acarició. Ella ladeó la cabeza para besársela breve y fugazmente. La mano siguió recorriendo su piel hasta llegar a la base de la oreja, y después le acarició el cuello por la parte posterior. Sus ojos, sin embargo, seguían fijos en la cicatriz de su pecho.

—No te gusta hablar de esto, ¿verdad? —comentó él.

—No me gustaba, y probablemente siga sin gustarme, pero contigo es distinto. Nunca hemos hablado de lo que me pasó. Y tienes derecho a saberlo todo.

Le pareció que Sergio tenía un leve destello en sus ojos, una descarga eléctrica.

—¿Cómo sucedió?

—Lo llaman *miocardiopatía dilatada* —respondió Montse.

—¿Por qué todos los nombres médicos suenan tan raros?

—Bueno, lo que tuve sí era raro. Supongo que eso es lo que duele más. Te dicen que hay un caso entre tantos millones y te dejan aún más hecha polvo. Cuando pillas la gripe, como la pilla una de cada tres personas, no te importa. Pero ser una entre cien mil, entre un millón o cinco millones fastidia.

—¿Cómo pudo tu corazón dilatarse sin más?

—Siempre tuve un corazón muy grande y generoso —bromeó ella sin ganas.

—En serio —pidió él.

—La verdad es que fue todo tan rápido... —Montse hizo un gesto de duda y resignación con los hombros—. Que si la infección vírica, que si la miocarditis aguda, que si... Lo único que sabía yo era que mi corazón, de pronto, ya no servía y necesitaba uno nuevo. ¿Te imaginas? Así de fácil. O me hacían un trasplante o adiós.

—¿Qué sentiste cuando te lo dijeron?

—Imagínate. Para mí fue como tropezar con un marcianito verde en el patio. De repente, palabras como *trasplante* y *donación de órganos* se me hicieron familiares. Yo no tenía ni idea de nada de eso y tuve que ponerme al día. Una oye por televisión que somos el país del mundo con más donaciones de órganos, que hay mucha gente esperando un corazón y mucha gente esperando un riñón, que si alguien se muere y dona sus órganos pueden aprovecharse el corazón, el hígado, los riñones, las córneas... Es bastante abrumador, ¿no crees?

—¿Pensaste que te morirías?

—Es difícil de decir. Tenía muchas esperanzas, ¿sabes? Muchas. Pero a medida que pasaban los días... —hablaba con absoluta naturalidad, sin esfuerzo—. Al llegar el final, aquella última noche, cuando todo era cuestión de horas, o de minutos..., entonces sí, creí que no lo contaría. Pensaban que no me enteraba de nada, pero tenía ratos de consciencia y en ellos, cada vez que miraba la vida que había al otro lado de mí, me decía que tal vez fuese lo último que viesen mis ojos, porque ya no volvería a abrirlos. Y no quería morir. No dejaba de repetirme que tenía tantas cosas por hacer. Finalmente, cuando apareció ese corazón, cuando me dijeron que iban a operarme y que viviría...

No era Montse la que tenía los ojos húmedos. Era Sergio. Ella se dio cuenta y entonces se le acercó, le acarició y le besó los ojos, los dos. Notó el gusto salado de esa humedad en los labios.

—Tranquilo —le dijo—. Ya pasó.

—Todo es tan... —intentó decir algo el chico.

No pudo. Dos lágrimas asomaron bajo sus pupilas y se le hizo un nudo en la garganta.

—Estoy bien, de verdad —dijo ella—. El médico me lo aseguró ayer, ya te lo dije. Mira, tócalo, oye cómo late, firme y seguro.

Le cogió la mano de pronto y se la llevó al pecho, sin ningún atisbo de vergüenza. Su corazón, por ese contacto y por el extraño abatimiento de él, comenzó a latir con mayor fuerza.

Sergio rompió a llorar, impulsiva e incontroladamente. Apartó la mano, como si le quemara aquel contacto, y bajó la cabeza para que Montse no le viera llorar. Durante un segundo quedó allí, apartado de ella, quieto, como un muñeco roto, con la densidad de su amargura y un invisible dolor llenándole el alma, cubriéndole de arriba abajo. Hasta que ella lo abrazó y él se derrumbó de nuevo sobre su pecho, abatido por segunda vez por el decidido tam-tam del corazón de Montse.

Treinta y siete

Carolina no tenía muy claro qué película llevarse a casa. Claro que, de todas formas, la que no cogiera hoy se la llevaría mañana igualmente, porque no había demasiadas novedades que la satisfacieran. Pese a ello volvió a leer las contracubiertas de los estuches de las dos películas seleccionadas, buscando algo, un detalle que inclinara la balanza a favor de una o en detrimento de otra. Las dos estaban protagonizadas por actores que le gustaban y tenían un toque de comedia romántica que le encantaba. Tampoco tenía prisa. El vídeo-club, a media mañana, no estaba precisamente a rebosar.

Se decidió, finalmente, por la que sostenía en su mano izquierda y dejó la otra en la estantería. En ese momento vio pasar a Sergio por el otro lado de la calle, inconfundible por su forma de andar, su ropa de marca y su aire ausente. Dudó entre salir y llamarle o dirigirse al mostrador, pedir la cinta, pagar y salir en su busca.

Optó por lo primero. Se acercó a la puerta, miró calle abajo y entonces, antes de que pudiera llamarle, lo vio meterse en la sucursal bancaria.

Regresó al mostrador y entregó el estuche de la película. El chico que lo atendía buscó la cinta correspondiente, la metió en un nuevo estuche de color azul y tecleó su número de clienta en el ordenador. Carolina le dio quinientas pesetas, recogió el cambio y la cinta y salió a escape.

Cruzó la carretera por allí mismo, esquivando primero a los coches que venían por su izquierda, en dirección a Barcelona, y después, desde la leve protección de la doble línea continua central, a los que venían en sentido contrario rumbo al puerto de Ordal. Cuando alcanzó la otra acera, bajó corriendo la cuesta para meterse en la caja de ahorros.

No llegó a hacerlo.

Sergio estaba en el cajero automático, justo a la entrada, apoyado en él, contando dinero. Y no era poco.

Desde el exterior, al otro lado del cristal, calculó veinte o treinta mil pesetas, aunque sólo fue una apreciación. El enamorado de su amiga no la vio. Acabó de contar el dinero, arrojó el comprobante a la papelera y recogió la tarjeta de crédito.

Tarjeta de crédito. Carolina frunció el ceño. Pensó que no era tan raro, aunque... ¿quién tiene una tarjeta de crédito antes de...?

Sergio iba a salir.

Fue instintivo. Ni siquiera supo la razón de su gesto,

ni qué motivó que diera un paso atrás y desapareciera de su visión. Claro que Sergio podía volver sobre sus pasos y tropezársela. Por eso se metió en la tienda de al lado. Esperó unos segundos.

Luego volvió a asomarse.

Sergio iba calle abajo, en dirección contraria, posiblemente a casa de Montse, a buscarla, o a bañarse en su piscina. Entonces hizo lo que había pensado de manera tan instintiva: caminó por segunda vez hasta la sucursal bancaria, entró y se acercó a la papelera. Había muchos comprobantes y papeles, pero el que estaba arriba de todo era el que, con mayor probabilidad, pertenecería a Sergio. Lo cogió y miró la cantidad.

No se había equivocado. Era un retiro en efectivo de treinta mil pesetas.

—¡Jo! —silbó en voz alta.

Una tarjeta de crédito y dinero. ¿Extraño para un recién llegado en busca de trabajo?

Carolina ni siquiera supo qué contestarse.

Treinta y ocho

Se detuvieron en la entrada de la piscina, como siempre, llena de chicos y chicas. Allí comenzaban las escalinatas que conducían al bar, por debajo del nivel de la carretera. Montse echó una mirada a las distantes mesas llenas de gente, algunas casi tapadas por las ramas de los árboles, y cuando él trató de reanudar el camino, lo retuvo sujetándole con una mano.

—¿No quieres bajar? —preguntó Sergio.

—No.

—¿Por qué?

—Estoy cansada de que me miren, y a ti conmigo —justificó.

—Se les pasará —dijo él—. Aún eres «la chica con el corazón de otra», una novedad.

—Creía que ya había pasado —hizo un gesto de fastidio—. Ahora pienso que es por ti.

—Vaya, ¿soy popular?

—Nadie te conoce y todo el mundo nos ha visto juntos.

—¿Qué quieres que hagamos? —interrogó Sergio—. ¿Cogemos la moto y nos vamos a otra parte?

—No, vamos a dar una vuelta, tranquilamente.

—De acuerdo.

No se agarraron de la mano. Les costaba, pero era mejor no hacerlo en público. Un pueblo siempre sería un pueblo. Por ello se alejaron carretera arriba, buscando zonas más íntimas bajo la noche. Apenas habían andado treinta pasos cuando, por la otra acera y en sentido contrario, vieron a Arturo. Llevaba a su lado a una chica muy alta y delgada, completamente desconocida.

Hubo un fugaz intercambio de miradas.

—Odio esto —suspiró Montse cuando su antiguo amor hubo pasado.

—¿Verlo?

—No, me refiero a vivir en un pueblo en el que todo el mundo se ve a diario y no hay la menor intimidad. ¡Por Dios! Se portaron muy bien conmigo, con mis padres, pero ahora...

—Yo no te habría dejado —dijo Sergio en clara referencia a Arturo.

—Lo sé.

—Aunque tengo miedo de fallarte, como él.

—¿Por qué dices eso? —se alarmó ella.

—Hay tantas cosas —Sergio miró al frente—. En verano todo es siempre muy distinto.

—¿Significa eso que volverás a Tarragona si no encuentras trabajo?

—¿Y si no tengo otra opción? —vaciló él, y la miró de reojo al agregar—: Debería volver y estudiar.

—Hazlo —se encontró con la firme respuesta de Montse—. Yo también tengo que volver a estudiar y recuperar el año que he perdido, así que poco vamos a vernos durante el curso. Los fines de semana, en cambio, no nos los va a quitar nadie. En moto te plantas aquí en una hora.

—¿No te importaría?

—¿A mí? No, claro. Me parece odioso que en una pareja él o ella traten de imponer algo al otro. Por supuesto que preferiría verte cada día y estar juntos, pero..., cuando no se puede, no se puede.

—A veces me asusta lo madura que eres.

—¿Me estás llamando vieja? —le empujó con el hombro—. Hay algo que sí me gustaría hacer.

—¿Qué?

—Conocer a tus padres, ver tu casa, tu ambiente.

Ahora fue ella la que le miró a él de reojo. Notó cómo Sergio mantenía sus ojos fijos en la distancia, sin contestar. Pensó que era un momento tan bueno como cualquier otro para forzarle, para que se abriera, para que le hablara de lo que ocultaba en su pasado. Tal vez esa novia que intuía, tal vez un drama familiar, tal vez una ruptura con sus padres...

Un buen momento.

Iba a lanzarse a fondo, pedirle confianza, pero todo se le vino abajo cuando escuchó una voz a su espalda.

—¡Eh, pareja! ¡Hay más gente en el mundo además de vosotros!, ¿sabéis?

A veces Carolina era verdaderamente inoportuna.

Treinta y nueve

Carolina se sentó entre Sergio y Quique Puig. Los cogió a ambos de cada brazo y miró a Montse.

—¿No hay por aquí una Polaroid? —preguntó alegremente—. Quiero una fotografía con los dos tíos más buenos a este lado de la frontera.

—¿Siempre es igual? —fingió cara de agotamiento Quique, también dirigiéndose a Montse.

—Como una moto —sentenció ella.

—Venga, hombre, que bastante amuermado estabas tú antes de que yo entrara a saco en tu vida —dijo Carolina cogiendo a Quique por las dos mejillas con una mano, de forma que, al apretárselas, a él se le juntaron los labios en forma de besugo.

—*Abuerbado bero tran-ilo* —farfulló el chico.

—Es maravilloso —Carolina dejó de apretarle las mejillas y miró a Sergio—. Me encanta cuando habla de amor.

Se echaron a reír. La que llevaba la voz cantante se puso en pie de un salto.

—Tengo sed —expresó en voz alta—. ¿Alguien quiere algo más?

—No —dijeron al unísono.

Desapareció por la puerta que comunicaba el área de la piscina con la casa, solitaria y casi a oscuras salvo por una tenue luz en la sala. Los tres siguieron su estela, cada cual con un pensamiento distinto en su cabeza. Fue Quique el que exteriorizó el suyo.

—Imposible aburrirse con ella.

—Es la mejor de las tías —convino Montse.

—Vaya, me dijo lo mismo de ti hace un rato, cuando os hemos visto en la carretera.

—Almas gemelas —manifestó Sergio.

—Carolina es la persona más clara, directa y sincera que existe. Por eso nos llevamos bien y por eso somos amigas desde hace tantos años —continuó Montse—. Tiene tanta vitalidad, tanta fuerza interior...

—A mí me parece que a veces pide y grita en silencio todo lo que necesita —comentó Sergio.

—¿Carolina? —dudó Montse.

—Las personas, cuanto más fuertes parecen, más inseguras y débiles pueden ser —sostuvo su punto de vista Sergio.

—Tú no la conoces como yo —dijo ella.

—Estoy de acuerdo con Sergio —opinó Quique—. Por eso me gusta, porque tiene carácter y energía, pero también es tierna y vulnerable.

—Vaya, acabáis de conocerla y ya opináis —dijo Montse.

—Es tu amiga íntima, pero nosotros la vemos de

otra forma y, probablemente, como es en realidad —aseguró Sergio.

No siguieron hablando sobre la ausente, porque ésta volvía con una cerveza en la mano. Se detuvo en la misma puerta y se la llevó a los labios, bebiendo directamente de la botella.

—Carolina, que ya es la tercera —la advirtió Montse.

—Sí, mamá.

—Tus padres pensarán que hemos hecho una orgía —Montse se dirigió a Quique.

—Luego repondré las cervezas en la nevera —dijo el dueño de la casa—. Tenemos una buena despensa. Además, mis padres no se meten nunca con lo que hago.

—Porque es un chico brillante —anunció Carolina volviendo a sentarse entre ellos dos—. Acaba de aprobar todo el primer curso de carrera, ¿verdad? —no le dio tiempo a decir nada y miró a Sergio—. ¿Y tú? —quiso saber—. ¿Qué te gustaría hacer? Montse me ha dicho que a lo mejor vuelves a estudiar.

—No sé, supongo que medicina, como mi hermano. Medicina o arquitectura.

—¿Tienes un hermano médico? —le preguntó Montse.

—Sí.

—¡Bien, un resquicio! —cantó Carolina.

Su amiga la fulminó con la mirada, pero ella no se dio cuenta. Estaba un poco achispada y se le notaba por el brillo de los ojos.

—De hecho, tengo un hermano médico, otro arquitecto y una hermana que estudia derecho. Yo soy el último. Nací un poco descolgado del resto. Lo típico.

—O sea, que estáis forrados —disparó Carolina.

—Tampoco es eso —sonrió Sergio.

—Hoy te he visto sacar pasta del cajero automático con una tarjeta de crédito —fue incapaz de detenerse—. Nada, calderilla para pasar el *weekend*, claro.

Montse abrió los ojos.

—Mis padres me dejan hacer lo que quiera —confesó de nuevo él—. Pero me envían dinero mientras tanto.

Carolina miró a su amiga.

—No lo dejes escapar —dijo—. Es perfecto.

—Oye, ¿qué tal si nos metemos contigo? —pasó al ataque Montse.

—¿Conmigo? Vais listos, chavales. Venga, ¡en guardia! ¿Quién se atreve? —se puso en pie fingiendo estar dispuesta para luchar, con un puño cerrado mientras en la otra mano sostenía la cerveza, de la que ya sólo quedaba la mitad.

—Ven aquí —la agarró Quique tirando de ella hasta hacerla caer encima de él.

Carolina lanzó un gritito de furia revestido de afectación. Ya en brazos de Quique, los dos cambiaron la pugna por un encuentro mucho más directo a cargo de sus labios.

El beso dotó de un largo silencio el encuentro de los cuatro bajo la noche.

Sergio miró a Montse.

Pero ella tenía la cabeza baja y los ojos fijos en el suelo.

Cuarenta

Todavía era temprano, sobre todo teniendo en cuenta que se había acostado pasadas las dos de la madrugada, pero aun así marcó el número de teléfono de su amiga y esperó. Carolina se había quedado con Quique un rato más en su casa, así que igual ella se había ido a la cama a las tres o las cuatro. Ni siquiera eso le importó. Iba a sacarla de la cama.

—Hola, soy Montse —anunció.

—Ahora llamo a Carolina, hija. ¿Todo bien?

—Sí, sí, señora, gracias.

—Vale, me alegro. Un beso, que hace mucho que no te pasas por aquí.

Carolina no tenía voz de estar dormida ni recién despertada. Se puso al aparato con la misma energía de siempre. Incluso la impresionó diciendo:

—Hola, me has pillado en la puerta. Iba a salir.

—Oye —fue al grano Montse sin perder un segundo—, ¿anoche estabas realmente bebida o qué?

—¿Yo? ¿Tú qué crees?

—No sé, por eso te lo pregunto.

—Digamos que mitad y mitad.

—Es que te pasaste un montón, tía.

—Vaya por Dios, ¿qué «hice-dije-no hice-no dije-dejé de hacer o decir»?

A veces decía las cosas más raras con una fluidez aplastante.

—¿A qué vino lo de que si sus padres están forrados o lo de la tarjeta de crédito?

—Bueno, lo vi sacando dinero y me chocó, ¿qué pasa?

—¿Y eso es una casualidad o qué?

—¿Que sacara dinero? —dudó Carolina.

—No, que lo vieras precisamente tú haciendo eso. ¿Lo espías o qué?

Tardó un largo segundo en responder. Demasiado largo.

—¿Yo? Que no, mujer, que salía del vídeo-club y lo vi, nada más. Me pareció raro que un tío de dieciocho años tuviese una tarjeta. ¡Ya quisiera yo una, mira!

Montse suspiró con fuerza.

—¿Qué te dijo después, cuando os fuisteis? —preguntó Carolina.

—Nada.

—¿No le preguntaste?

—No.

—¡Tía, pero si te lo puse a tiro! ¿Tú sabías que tenía dos hermanos y una hermana, y que uno era médico y el otro, ingeniero o no me acuerdo qué dijo que eran?

—No —confesó Montse.

—Pues no me des la paliza —le espetó su amiga—. A mí me parece que tanto misterio y tanto secreto ya no son normales, y tengo un no sé qué en el cuerpo que no me deja vivir.

—Eh, eh, que es mi problema, no el tuyo.

—¿Así que ya estamos con ésas?

Montse se mordió el labio inferior. Habían decidido que todo las afectaría por igual y que lo que le pasara a una, para bien o para mal, le pasaría a la otra.

—Perdona —reaccionó.

—Entiendo que estés molesta, pero no conmigo, sino con él —se calmó Carolina, hablando muy seriamente—. De verdad, es estupendo, me cae bien, se le nota que te adora, que está muy enamorado, pero es como una de esas cajas de caudales, que o sabes la combinación, o no hay forma. Y tal vez dentro no hay nada. ¿Tanto le cuesta decir algo de sí mismo? ¿De qué tiene vergüenza? Si confiase en ti ya te habría...

—¡Fíate de mí, Carolina! —gritó Montse.

—No, no me fío, lo siento —se puso sorprendentemente dura Carolina—. Tú le quieres y te has volcado, como siempre. Por eso cierras los ojos y le das tiempo al tiempo. Muy bien, perfecto. Pero a mí me preocupa que hagas una tontería.

—¿Qué crees que haré, fugarme con él o algo así?

—Cuando acabe el verano, y queda ya muy poco, tendrá que hacer algo. ¿Sabes sus planes? No, ¿verdad? Pues tienes derecho a saberlos. Aunque sólo fuerais amigos, ya tendrías derecho, y sois mucho más que eso. ¡Pregúntale! ¡Jo, tía, esto es demasiado serio para ti!, ¿vale?

Raramente la veía o la notaba enfadada, molesta o preocupada por algo. Incluso en momentos duros, de fracasos, especialmente sentimentales, Carolina sacaba a relucir su lado sardónico, su lengua más afilada e hiriente, su faceta irónica, su rapidez mental. Ahora la notaba tensa, como si una alarma silenciosa se hubiese disparado en algún lugar de su universo particular.

—Se lo preguntaré —convino Montse tras la densa pausa.

—Creo que deberías hacerlo.

—Vale, lo sé.

—Algo le pasa. A ti te cambiaron el corazón y a él puede que le falte... qué sé yo —hizo una última broma—. Pero por fuerte que sea, tú lo superarás, y él también, si es que te quiere, y te aseguro que eso se le nota. Está colgado.

—Vale, vale.

—He de irme, ¿de acuerdo? —suspiró Carolina.

—Chao.

—¡Ay, señor! —se despidió su amiga—. ¡Si es que os sueltan por el mundo y no estáis preparadas para nada, para nada!

Cuarenta y uno

Era la primera vez que le mentía a Montse y se sentía muy mal a causa de ello, verdaderamente avergonzada, pero no por eso menos dispuesta a mantener sus planes. La noche anterior, un poco cargada por las cervezas o simulándolo, había disparado una primera batería de misiles. Y estaba segura, totalmente convencida, de haber hecho blanco en algunos lugares muy concretos. Ahora quería averiguar más. Aunque se pasara un par de días haciendo el idiota jugando a ser Sherlock Holmes o Colombo o cualquier heroico detective de la tele.

Tenía sueño, pero había madrugado. Llevaba casi una hora apostada delante de la pensión La Rosa, sin saber muy bien qué hacer o cómo reaccionar en el caso de que Sergio saliera y se subiera a la moto. O incluso si echaba a andar, ¿lo seguiría? Aquello era un pueblo, no la ciudad de Nueva York como en las películas. Empezaría a encontrarse gente que le diría «hola, Carolina» y «a dónde vas, Carolina», y con tanto «Carolina» por aquí y por allá, él acabaría dándose cuenta. O sea que se sentía ridícula además de idiota.

Pero no se movió de su puesto.

Si el día anterior, casualmente, lo sorprendió sacando dinero...

Siempre, siempre se fiaba de su instinto.

Pasaron otros veinte minutos.

Y entonces Sergio salió por la puerta de la pensión, con sus gafas de sol, sus vaqueros de marca y una preciosa camisa que ya le había visto en un par de ocasiones.

No se dejó ver. Se ocultó aún más y esperó con el corazón en un puño. Finalmente Sergio echó a andar, aunque se metió en la primera cabina telefónica que encontró y sacó un puñado de monedas que dispuso sobre la repisa.

Carolina frunció el ceño.

No tenía teléfono en la habitación. Lo sabían porque él se lo había dicho, pero había uno en la misma pensión.

La descubriría, era evidente, pero no se detuvo. Cruzó la calzada y se acercó a la cabina por detrás de él, aprovechando que Sergio se encontraba de espaldas, apoyado en la repisa, con la cabeza descansando en la mano libre; la otra sujetaba el auricular junto a su oído. Con la puerta cerrada, la conversación era muy difícil de seguir, así que cruzó los dedos y se acercó aún más.

Sergio no se movía, sólo hablaba.

Carolina llegó casi a estar pegada a la puerta de la cabina.

Contuvo la respiración.

—...Y queda parte de agosto, ¿de acuerdo? —le oyó decir—. Ahora no puedo volver, lo siento. ¿Qué? No y no... Mira, ya lo discutimos y no ha cambiado nada, al contrario...

Las pausas se sucedían a medida que la otra persona le interrumpía o hablaba a su vez. Sergio no daba muestras de estar crispado, aunque sí algo nervioso. El tono de su voz era dolorido.

—No puedo contártelo, ¡no! ¡Por favor! ¿Y si me hubiera ido todo el verano en *inter-rail* por Europa? Pues es lo mismo. Sí, sí, lo es... ¡Estoy bien! ¿Por qué no iba a estarlo? ¡Lo he superado, sí! ¡Para eso necesitaba irme, por Dios!... —la nueva pausa fue la más larga—. Mira, tranquila, ¿de acuerdo? En septiembre estaré ahí, comenzaré las clases, te lo juro. No voy a perder ni una. ¡Desde luego, te llamo y acabamos discutiendo! ¡No voy a llamarte más!... Bueno, vale, vale... He de colgar, un beso. Sí, díselo, claro. ¿Dónde está? ¿En Bilbao? ¿Y qué hace en Bilbao? Bueno, adiós, sí, adiós..., adiós...

No tuvo tiempo de reaccionar. Debía haberse ido antes, pero justo al iniciar su despedida, Sergio se giró y la vio. Carolina no pudo hacer otra cosa que quedarse donde estaba, como si la hubiesen clavado al suelo. Ni siquiera se molestó en sonreír o disimular. Era demasiado evidente que estaba escuchándole.

Sergio colgó el auricular con el último «adiós».

Recogió las monedas que había en la repisa y abrió la puerta de la cabina.

Por detrás de las gafas de sol, sus ojos eran un océano de interrogantes.

—¿Llamabas a casa? —disparó ella al azar, por decir algo.

—Sí, hablaba con mi madre —confesó él.

Frunció el ceño. No sabía si creerle, ni qué decirle, ni cómo justificar su espionaje, ni nada que no fuera mantener la calma pensando en Montse y sólo en ella.

Montse.

—Sergio —suspiró Carolina de pronto—, ¿la quieres?

—Sí —dijo él, rápido.

—Entonces no le falles.

—¿Por qué habría de fallarle?

—Montse está enamorada. Ha renacido y está enamorada, y como cualquier persona enamorada, está también ciega. Yo no. Yo veo otras cosas.

—¿Qué es lo que ves? —Sergio estaba muy pálido, así que el contraste con las gafas oscuras era evidente.

—¿Qué te pasa? —quiso saber ella.

No hubo respuesta, sólo aquella mirada oculta tras las gafas de sol.

—Tienes tanto miedo como Montse lo tuvo con lo de su trasplante —dijo Carolina—, y no entiendo por qué. ¿Vas a decírmelo?

—No hay nada —articuló él después de otra pausa.

—No te creo —lo acusó Carolina.

—Entonces confía en mí. Si sabes que la quiero, confía en mí.

—Pero, ¿por qué? —expresó toda su incertidumbre con un gesto de rabia e impotencia.

—Confía en mí, sólo eso —dijo Sergio con esfuerzo—. Yo me fui, ¿recuerdas? Renuncié. Fue Montse la que me devolvió a esto. Sólo necesitamos tiempo.

—El verano acabará en un par de semanas, y en septiembre...

—Carolina, por favor.

Era una súplica, y lo que menos quería Carolina era que Montse supiera lo que acababa de hacer, espiándolo como una vulgar... Bajó la mirada al suelo y ni siquiera habló. Su gesto fue evidente.

Asintió con la cabeza y luego dio media vuelta, sin volverse.

Se alejó calle abajo sintiendo aquella mirada protegida tras las gafas de sol muy fija en su espalda.

Aunque no era una mirada de furia o de desesperación, sólo de dolor.

Cuarenta y dos

Sabía que su madre llevaba unos días inquieta, con la pregunta colgándole de los labios, a la espera de reunir el suficiente valor para preguntarle. No le extrañó que aprovechara la oportunidad ya que estaban solas, con Dani pasando unos días en casa de su tía, en Cervelló, y Julio fuera, con su novia.

—Montse, ese chico...

Se resignó. En parte no quería huir, ni mentirle, ni decirle que era un amigo y todas esas tonterías. Se sentía igual que esas personas culpables de algo y con deseos de confesar abiertamente, aunque en su caso no fuera ninguna culpa, sólo su felicidad. También la felicidad necesita ser compartida. Lo sucedido con su corazón le había hecho comprender que las cosas suelen ser sencillas siempre, y que son las personas las que lo complican todo. Estaba enamorada, y eso era algo de lo más natural, simple y directo. No quería esconderse ni esconderlo.

—¿Sergio?

—Sí, Sergio —dijo Maite.

—¿Qué pasa con él?

—Ha venido aquí algunas veces, te han visto con él por el pueblo...

—¿Y quieres saber qué pasa? —se lanzó Montse.

—Bueno, tampoco es eso —se excusó la mujer.

—Mamá... —sonrió ella—, que te conozco.

Verla sonreír la tranquilizó. Había temido que su hija se pusiera en guardia o se enfadara por la intromisión, o algo parecido. Sin embargo, daba la sensación de sentirse feliz y relajada, contenta.

—¿Quién es?

—Es de Tarragona. Ha venido a trabajar aquí.

—¿En qué?

—No ha encontrado trabajo, pero está en ello.

—¿De Tarragona, Tarragona?

—Sí, sí.

—¿Sabes algo de él?

—Que es encantador, de buena familia, y que le quiero mucho.

Su madre la contempló con los ojos abiertos. Montse seguía sonriendo.

—¿Sois novios? —vaciló.

—No lo sé —le confesó Montse—. Supongo que esa palabreja se estilaba más hace años. Ahora no la usa casi nadie, a no ser que haya un anillo de compromiso, peticiones formales y todo ese rollo. Nosotros no estamos aún en esa fase.

—Ah —parpadeó Maite.

—Pero me cae muy bien, y yo a él. Además —se

puso maliciosa—, si te dijera que somos novios, pondrías el grito en el cielo y empezarías a decirme que soy aún muy joven, que no me líe y que eso, a mi corazón, a lo mejor no le sienta nada bien.

—No es verdad —se defendió la mujer.

—Mamá... —dijo por segunda vez y en el mismo tono Montse.

—Yo conocí a tu padre a los dieciocho años, aunque tardamos bastante en casarnos.

—Vaya, menos mal —le agradeció el detalle ella.

—En cuanto a lo de tu corazón...

—¿Tú crees que el amor es malo para un corazón de recambio?

—No te lo tomes a la ligera, hija —se estremeció Maite.

Montse se acercó a su madre. La abrazó y le dio un beso en la mejilla. Fue un acto reflejo, pero cargado de cariño. Desde la proximidad la miró y dijo:

—Tranquila, ¿vale? ¿Me creerás si te digo que Sergio es lo mejor que me ha pasado en la vida y que, encima, ha llegado en el momento oportuno?

Su madre le acarició la mejilla.

—A veces eres tan niña —suspiró.

—Y tú, tan mujer, mamá —la correspondió Montse.

—Ten cuidado, ¿de acuerdo?

—Lo tendré.

—Recuerda que has de volver a la escuela en septiembre y que necesitas ponerte al día y que...

—Descuida, no estoy loca —la calmó ella—. Sé muy bien que tengo una segunda oportunidad para todo y no voy a desaprovecharla. Sergio es una ayuda, un complemento, pero no todo lo que tengo.

Aunque fuera muy, muy importante, y eso no se lo dijo a su madre.

Se sintió mejor cuando se metió en su habitación y dejó sola a su madre, todavía bajo los efectos de la impresión recibida.

SEXTO LATIDO

Cuarenta y tres

Se lo había prometido a Carolina, pero también a sí misma.

Era la hora de la sinceridad, de las preguntas, de las respuestas. Los fantasmas debían pasar al olvido. No hacía más que darle vueltas a la cabeza y estaba cansada de ello. Lo que hubiera en el pasado de Sergio era eso, el pasado, ya fuera una novia o un amor frustrado, como temía, ya se tratase de problemas con sus padres, o que no quisiera estudiar, o problemas con las drogas, o lo que fuera, por absurdo que se le antojara ahora.

Antes de salir de su habitación y de casa para ir a buscarlo, leyó por última vez su carta, aquella carta. Tal vez debería romperla. No lo hacía porque aún buscaba en ella las claves de aquello que había hecho tanto daño a Sergio.

Tenía que estar allí, algo, una pista.

Por pequeña que fuera.

Sacó el sobre y la hoja de papel. Se la sabía de memoria. Pero las frases más significativas seguían siendo las más esenciales, las que encerraban todos los porqués.

«Tus labios sellaron un montón de heridas...» Pero, ¿qué heridas? «Los sueños son traidores...» ¿Por qué? «Hay muchas cosas que no cambian, aunque el amor, siempre él, las haga más llevaderas.» ¿A qué se refería y de qué cosas hablaba? «Por mucho que escriba y escriba, no lo entenderás.» ¿Tan difícil era de entender? ¿Por qué no podía entenderlo ella? «No era mi intención, pero ha sucedido.» ¡Nadie quiere o no quiere enamorarse, simplemente sucede! ¿No era su intención? ¿De qué estaba hablando con eso? «No es tan sencillo y no quiero hacerte daño.» ¡El amor es sencillamente complicado, o complicadamente sencillo! ¿Y qué? Todo el mundo lo busca, incluso con desesperación. Todo el mundo necesita amar y ser amado. ¿Y por qué amarla tal vez le hiciera daño? «Tengo heridas invisibles en el alma.» ¿Y quién no? «Soy un cobarde...» ¿Se lo decía a ella? ¿Le hablaba de cobardía precisamente a ella? «Tenía que haberme ido antes, sin llegar a esto.» De nuevo los porqués. ¿Antes? ¿Sin llegar a esto, a enamorarse? Y por último, la frase final, la definitiva: «Supongo que lo tendré merecido, por jugar con el destino.»

El destino.

Sí, Carolina tenía razón. Se había terminado eso de cerrar los ojos y esperar. Necesitaba saber para comprender, comprender para entregarse por completo y sin dudas. Necesitaba despejar hasta la última incógnita. Sergio cerraba aquella carta diciéndole: «Gracias por darme una esperanza. Te quiero.» Si le había dado una esperanza era por algo y desde luego había llegado la hora de convertirla en una verdad, una realidad. La esperanza moría allí, porque ya se tenían. Lo decía con aquel «te quiero» final.

Guardó la carta dentro del sobre, y el sobre, dentro de la pequeña arqueta con sus tesoros, sus mejores recuerdos, incluidos sus diarios de infancia. Luego la cerró con llave. Se fiaba de sus padres, pero... era mejor prevenir. Cuando lo hubo hecho, se miró en el espejo y se arregló el cabello. Lo tenía ya un poco más largo y se sentía mejor, aunque a Sergio también le gustase corto.

Sergio, Sergio, Sergio.

Pensaba en él, soñaba con él, todo lo hacía ya con él, real o mentalmente.

Salió de la habitación sintiendo el fuerte nerviosismo de quien va a enfrentarse cara a cara con la verdad.

Cuarenta y cuatro

Llegó a la pensión La Rosa caminando despacio, aprovechando cada paso y cada metro para reflexionar, para buscar las palabras y medir sus gestos. Cuando se detuvo frente a la puerta, llenó sus pulmones de aire y ya no vaciló en absoluto. Traspasó aquel umbral y llegó a la pequeña recepción, en la cual, en ese instante, no había nadie. Aun así, no se atrevió a subir. Sentía mucha curiosidad por ver la habitación de Sergio, desde el primer día, pero la dueña era inflexible con esas cosas. Bien lo sabían.

—¡Eh! —llamó—. ¿Hay alguien?

La dueña salió del interior con cara de haber sido interrumpida haciendo algo importante. Al ver a Montse hizo un gesto de fastidio.

—¿Sí? —preguntó.

Sabía de sobra a quién iba a buscar.

—¿Está Sergio?

La mujer miró bajo el pequeño mostrador. Montse

imaginó que allí estarían las llaves de las habitaciones.

—Sí, debe de estar arriba —asintió—. No veo su llave.

—¿Puede avisarlo?

—¡Ahora estoy ocupada, hija! —protestó acalorada—. ¡Sube tú!

Montse se quedó boquiabierta.

—¿Puedo subir?

—Pues claro, si has venido a buscarlo...

—Creí que no se fiaba —bromeó su visitante.

La dueña de la pensión la apuntó con un dedo firme.

—Tú no bajes dentro de cinco minutos y verás como se lo digo a tu madre —la amenazó.

—¡Mujer! —protestó Montse.

—¡Hala, pesadas, que no tenéis nada que hacer en verano y parecéis almas en pena de aquí para allá! ¡Cinco minutos, y mejor si son dos!

Le dio la espalda y volvió al lugar de donde procedía al entrar ella, así que el camino quedó libre y Montse no desaprovechó la oportunidad ni el tiempo. La habitación de Sergio estaba en el primer piso. Subió las escaleras y llegó al pasillo. Era la tercera a mano derecha. Se detuvo en la puerta y llamó quedamente.

Silencio.

—¿Sergio? —susurró a media voz mientras repetía su acción con los nudillos.

Nada.

Comprobó la hora. Tal vez aún estuviese dormido, aunque era raro. Puso una mano en el pomo de la puerta y lo movió hacia abajo. La hoja de madera se abrió y ella metió la cabeza dentro.

La cama estaba revuelta, pero allí no había nadie.

De todas formas, le llamó por segunda vez.

—Sergio.

No sabía qué hacer. Si la llave no estaba abajo, era porque Sergio estaba en la pensión. Y además, no se iría sin cerrar la puerta. Pensó en la terraza. Él le había comentado que se lavaba parte de la ropa, calcetines y prendas interiores, y la tendía arriba. Era una posibilidad.

Iba a salir de nuevo, para buscarlo allí o bajar a recepción, cuando se detuvo.

Allí vivía él, allí dormía él. Todo estaba impregnado de su persona, de su ser, de su esencia.

Acabó por entrar, pero dejó la puerta abierta, por si acaso. La habitación era pequeña y en ella sólo había una cama, un armario y una mesita con una silla. La cama también era pequeña y eso la hizo sonreír. Pasó una mano por las sábanas, como si las acariciara o como si a través de ese contacto percibiera el calor de él. Luego miró el armario, que estaba cerrado, y finalmente la mesita.

Entonces la vio.

La fotografía.

La fotografía de una chica rubia, de ojos grises, que sonreía con una luminosidad especial, llena de encanto.

Estaba situada en el ángulo más alejado, en el rincón de la pared, y tenía un marco de plata como soporte. Montse sintió un pequeño mareo, pero aun así continuó sus movimientos. Dio un paso y se quedó allí, quieta, mirando aquel rostro que le sonreía abiertamente. Después alargó la mano y la cogió. Con la proximidad, la sonrisa de la chica se hizo más visible, más patente y luminosa. En el margen inferior derecho, había una dedicatoria.

Todas y cada una de aquellas palabras se le clavaron en la mente como espinas.

«Eternamente tuya, con amor, de Gloria.»

Su cabeza estaba en blanco, su corazón paralizado, la sangre ya no corría por sus venas. Estaban ella y el mundo, pero el mundo ya no era más que una masa de algodón, sin forma, situada a una gran distancia de sí misma, porque ella flotaba en un vacío incierto.

Continuó mirando aquel rostro y tal vez lo hubiera hecho durante horas, o unos simples segundos antes de echar a correr, de no ser porque la rescató una voz.

Una voz familiar, conocida, cercana.

La voz de Sergio, desde la puerta.

—Quise decírtelo.

No se sobresaltó. Miró hacia él y lo vio pálido, tan destrozado como lo estaba ella. El silencio se hizo insoportable. Ninguno de los dos se movió. Era como si alguien hubiese accionado el botón de la pausa en un imaginario mando a distancia que los gobernara.

Después, se oyó a sí misma preguntar:

—¿Quién es?

—Se llamaba Gloria.

Un nuevo silencio, una larga pausa, hasta la revelación final.

—Tú llevas su corazón —dijo Sergio.

Cuarenta y cinco

Tardó una eternidad en llegar hasta ella, en acercársele. Para cuando lo hizo, Montse ya tenía saturado todo su ser con la nueva realidad. Se sentía igual que una jarra colmada por cuyos bordes rebosaba cuanto no cabía en su interior. Y tenerlo cerca ni siquiera bastaba para hacerlo todo más llevadero; al contrario.

Ahora la verdad los aplastaba.

Cada frase de aquella carta adquiría sentido.

«...Para no hacerte ningún daño... Hasta el más extraordinario de los sueños es posible si se ama... Los sueños son traidores... Me he enamorado de ti. No era mi intención, pero ha sucedido... Sin embargo, no es tan sencillo y no quiero hacerte daño... También a mí me han hecho mucho daño y tengo heridas invisibles en el alma... Soy un cobarde... Tenía que haberme ido antes, sin llegar a esto... Supongo que lo tendré me-

recido, por jugar con el destino. Gracias por darme una esperanza.»

¿Una esperanza?

Sergio intentó cogerle una mano. Ella la apartó, casi visceralmente, con un movimiento seco. La otra, la que sostenía todavía el retrato de Gloria, tembló con el gesto. Lo mismo que su voz.

—¿Quién eres? —preguntó Montse.

—Sergio, nada más.

—No, no te conozco.

—Montse...

Se apartó dando un paso hacia la izquierda. No dejó el portarretratos en la mesita. Parecía estar unida a él en cuerpo y alma. El segundo rechazo hizo que Sergio se derrumbara. Pese a todo, había un equilibrio entre ambos, una especie de delicado hilo conductor que los hacía permanecer en pie, cara a cara.

—Háblame de ella —pidió Montse.

—¿Qué puedo decirte?

—¿La querías?

—Sí —reconoció él.

—¿Desde cuándo?

—Nos conocimos hace casi dos años. Los habría hecho en otoño. Éramos unos críos pero...

—¿Qué sucedió?

—Por favor...

—¡Dímelo!

Su grito fue igual que una bofetada. Lo alcanzó de lleno y le hizo acusar el golpe. El rostro de Montse, en cambio, era una máscara inamovible.

—¿Qué quieres que te diga? —se rindió Sergio—.

Estaba tan llena de vida, tan... —superó un primer ahogo, tragó saliva y pudo continuar, con mayor entereza—. Era socia de Greenpeace, de Amnistía Internacional, de Médicos sin Fronteras y, por supuesto, un día ella y varias de su clase se hicieron donantes de órganos. Cuando me lo contó, me quedé un poco alucinado. Yo no... Bueno, da igual —lo apartó de su mente—. Recuerdo que un día, bromeando, me dijo que, si se moría, algo de ella quedaría en este mundo. Y cuando le dije que eso era absurdo, porque ella era ella y nadie más, me contestó: «Si me quieres, seguiré viva para ti, porque estaré donde esté mi corazón». Me pareció una frase tonta, propia de sus fantasías, aunque ellas la hacían muy especial. Luego, aquel día, cuando tuvimos el accidente y la vi desangrarse dentro del coche, me la repitió, y entonces...

Llegó al límite, pero Montse no le dejó.

—¿Cómo supiste que yo llevaba su corazón?

—Mi hermano es médico, ¿recuerdas? Y un tío mío también lo es. Además, mi familia es de las que tiene peso. No fue difícil saberlo. Esas cosas se mantienen en secreto, pero fue muy fácil. Un corazón de una chica de diecisiete años sólo puede trasplantarse a otra persona más o menos de la misma edad, por razones de tamaño y otros detalles. Yo estaba destrozado, pero sus palabras no dejaban de dar golpes en mi cabeza: «estaré donde esté mi corazón»... Y era el mismo corazón que había latido por mí, el mismo corazón que latía todavía, sólo que en otro cuerpo. Así que..., cuando supe quién eras y que vivías tan cerca, pensé casi que era el destino. Lo único que yo quería era verte, saber quién llevaba ese corazón, averiguar... no sé...

—¿Si lo merecía?

—¡No lo sé! —gritó Sergio por primera vez—. ¿Puedes entenderlo? ¡Me sentía muy mal y lo único que quería era verte! ¡Por eso vine! Algo me atraía, algo que fui incapaz de dominar o vencer y contra lo que no pude luchar. Fue una escapada. Lo que menos pretendía era... —no consiguió articular la palabra, así que acabó con una desfallecida confesión—. Apenas si puedo creerlo, todavía me parece una burla, un sueño.

—O una pesadilla.

—¡No! ¿Es que no te das cuenta? ¡Te quiero! ¡Ésa es la única verdad: te quiero! Nunca te he mentido acerca de eso. Te vi y... sucedió. No sé si de golpe, pero lo cierto es que, cuando hablamos, cuando me asomé a tus ojos, cuando vi cómo eres... ¡Estoy enamorado de ti como nunca...!

—No, Sergio, no —movió la cabeza ella y, por fin, pudo dejar el retrato de Gloria en la mesa—. Crees que me amas, pero no es verdad.

—¡Sí lo es!

—¡Amas el recuerdo de Gloria y el latido de ese corazón, pero no me amas a mí! ¡Sigues queriéndola a ella! ¡Has seguido ese latido, nada más! ¡Es como si fuera un eco!

—Te juro que...

—¡No! —gritó ella.

Intentó cogerla, casi se lanzó encima, pero Montse le llevaba una fracción de segundo de ventaja. Escapó a su reacción, se apartó de su lado y echó a correr traspasando la puerta que permanecía abierta.

Sergio tardó en seguirla.

—¡Montse!

Cuarenta y seis

Le llevaba unos cuatro o cinco metros de delantera y fueron suficientes para que no la atrapara inmediatamente. Montse bajó las escaleras saltando los peldaños de tres en tres, llegó al vestíbulo de la pensión y salió a la calle, a la luz, que la golpeó de pleno. Quedó cegada por ello y por las lágrimas que ya fluían de sus ojos. No se detuvo en la puerta. Dobló a la izquierda y siguió corriendo.

—¡Montse! —volvió a oír la voz de Sergio.

Pudo notar su presencia, cada vez más cerca, y se preparó para el contacto. Llegó a agarrotar los músculos para rechazarlo, mientras eludía a la gente que circulaba por la acera y se apartaba ante su carrera con cara de asombro. Finalmente, a unos escasos diez metros de la pensión, Sergio la atrapó.

Fue electrizante.

—¡No! ¡Déjame!

—¡Ven aquí, por favor!

—¡Vete, vete!

La obligó no sólo a detenerse, sino a girar el cuerpo y mirarlo. Montse cerró los ojos, negándose a ello. De pronto se dio cuenta de que casi no podía ni hablar, porque el corazón le golpeaba el pecho como si quisiera salir de él.

Y tal vez fuera así.

Se asustó por primera vez.

—Montse, ¿qué te pasa? —oyó preguntar a Sergio.

¿Qué le sucedía? ¿Le preguntaba qué le sucedía?

Sí, ¿qué le estaba sucediendo?

El corazón de Gloria, su corazón, ya no latía con aquel paso firme y sereno al que estaba acostumbrada. Ahora sus latidos eran irregulares, anárquicos, se aceleraban de forma súbita y de repente se detenían y se volvían atropelladamente lentos. Sintió una angustiosa presión en la mente. Una presión que ya conocía.

Y sus rodillas se doblaron.

—¡Montse! —volvió a gritar él.

Hubiera caído al suelo de no ser por Sergio, que la tenía cogida. Aun así, lo único que pudo hacer fue acompañarla al vencerse su cuerpo, derrotado por el miedo tanto como por el efecto de aquel fenómeno. Esta vez sí lo miró.

—Ser...gio... —murmuró.

Estaba pálido, tan asustado como ella.

—¿Qué tienes? ¡Por Dios!, ¿qué tienes?

No pudo decirle nada. El corazón ya no conocía ninguna regla. Iba y venía a su antojo, sus latidos se aceleraban y se amortiguaban como si bailara a su aire. Quiso levantar una mano, para acariciarle la mejilla, como solía hacer siempre, y se encontró sin fuerzas.

Las primeras personas se arremolinaban ya a su alrededor. Sergio miró hacia ellas.

—¡Una ambulancia, por favor! —gritó entonces—. ¡Que alguien llame a una ambulancia!

Cuarenta y siete

La abrazó, llorando, sin dejar que nadie la tocara.

—Montse..., no te mueras, por favor..., no te mueras...

—¿Por qué?

Apenas era un hilo de voz. Sólo pudo oírla él, que la tenía estrechamente abrazada.

—Tienes que vivir —le dijo.

—¿Porque llevo su... cora...zón...?

—No, cariño —la besó en la frente primero y en los labios después—. Porque te quiero, y porque ya no importa el pasado, sino esto, tú y yo. Por favor, Montse, vuelve a luchar... Por favor...

Se escuchó una sirena, a lo lejos.

—Sergio.

—¿Qué?

—Sergio...

Sólo repetía su nombre. Había cerrado los ojos y se desvanecía muy lentamente.

La sirena se acercaba.

Sergio le puso una mano en el pecho. Tres latidos muy rápidos, una pausa, dos muy lentos, otros cinco seguidos, otra pausa y tres más sin apenas ritmo. Era como si allí dentro algo anduviera a oscuras, sin encontrar una puerta, dándose golpes contra las paredes, cada vez más asustado.

La sirena ya estaba allí.

La gente empezó a moverse y las voces se elevaron. Voces extrañas.

—¡Es Montse, la hija de los Ventura!

—¡Pobrecilla!

—Ya sabía yo que esas cosas...

—¡Apartaos, apartaos!

—¡Aquí, aquí!

El resto fue muy rápido. Aparecieron dos hombres vestidos de blanco, le prestaron los primeros auxilios mientras la gente, toda la gente, les decía de quién se trataba y lo de su corazón. Luego la metieron en la ambulancia. Sergio trató de seguirla.

—No puedes subir, chico —le detuvo uno de los dos enfermeros.

—Es que...

—Tranquilo, ¿vale? Avisa a su familia.

Rápido, muy rápido. A vida o muerte. La miró por última vez y luego todo desapareció. La ambulancia se alejó carretera abajo, en dirección a Barcelona.

Cuarenta y ocho

Fue la misma Carolina la que abrió la puerta, así que se encontró con ella cara a cara. En el rostro de la mejor amiga de Montse no apareció ninguna señal de alegría, ningún signo de paz. Sus ojos hablaron de lo que sentía mucho antes de que lo hicieran sus labios. Sin embargo, Sergio pasó esta guerra por alto. Sólo le hizo una pregunta, por otra parte obvia.

—¿Cómo está?

La respuesta fue un bálsamo. Cayó sobre él liberándolo de todas las angustias.

—Fuera de peligro —dijo Carolina.

—Dios...

Tuvo que apoyarse en el quicio de la puerta. Le era difícil mantener el equilibrio. Cerró los ojos, así que las palabras de la chica cayeron sobre su ánimo como una lluvia vivificadora.

—Ha sido una arritmia cardíaca, algo peligroso pero... normal, dadas las circunstancias. Estará un día más en observación, pero eso es todo.

Suspiró buscando el átomo de aire que le permitiera volver a la vida. No estaba solo, así que cuando lo encontró, volvió a abrir los ojos. Carolina seguía en el mismo sitio, con los brazos cruzados, mirándolo fijamente.

—¿Has hablado... con ella? —quiso saber Sergio.

—Sí, y lo sé todo —le confirmó antes de volver a recuperar su tono de dureza—. Te advertí que no le hicieras daño.

—No se lo he hecho.

—Ya, claro —se burló Carolina—. Al final resultará que es la gran historia de amor: chico que persigue el corazón del ser que ama y se enamora de nuevo de su dueña. Todo muy bonito, si no fuera porque ella es la que lo ha sufrido y se ha jugado la vida.

—¡No quise que pasara esto!

—¿Por qué viniste aquí, eh? Y cuando conociste a Montse, ¿por qué te quedaste, por qué seguiste, por qué dejaste que ella se enamorara y tú te volvieras loco? ¡Tu Gloria se murió, y Montse es Montse!

—¿Crees que no lo sé?

—¡No tengo ni idea de lo que tú sabes, pero has jugado con fuego! ¿Cuándo pensabas decírselo?

—¡No lo sé!

—Eres un cerdo —fue a cerrarle la puerta, pero Sergio se lo impidió.

—¡La quiero!

—¿Estás seguro de eso? —puso cara de escepticismo Carolina—. Montse sí te quiere a ti, pero tú amas a un fantasma, un corazón con dos cuerpos. Tú no puedes estar ya seguro de querer a una o a otra.

—La quiero, Carolina, te lo juro —dijo él, desfallecido.

—Entonces, ¿por qué no vas a verla?

—No puedo.

—¿De qué tienes miedo ahora?

—Sé que no va a perdonarme y no quiero que vuelva a tener un ataque.

—No te das muchas opciones, ¿vale? Ni una oportunidad.

—Lo siento.

—¿Y cuando salga?

—Me voy hoy mismo, Carolina —le reveló.

Ahora fue ella la que no lo entendió.

—¿A dónde?

—A mi casa. Se supone que debo empezar a estudiar una carrera.

—¿Así de fácil? —la chica chasqueó los dedos.

—No, no es fácil —la miró recuperando la calma—. Es lo más difícil que he hecho jamás, como lo fue la primera vez. Pero comprendo que es mejor así. En unos meses he visto morir a mi novia dos veces, una de verdad y otra esta mañana. No quiero que Montse...

—¿No vas a luchar?

—Nunca me perdonará.

—Sí, si te quiere.

Sostuvo su mirada, una larga hilera de segundos que les pasaron muy despacio. Carolina lo vio rendirse. Sergio la vio enfurecerse. Ella quiso gritar. Él, echar a correr. Al final la chica se quedó quieta mientras Sergio daba media vuelta.

—Sergio —quiso retenerlo.

Siguió caminando.

—¿Qué le digo a ella?

No giró la cabeza. Cada paso abría un enorme espacio entre los dos.

—Que la quiero —fue lo último que dijo Sergio antes de desaparecer de su vista.

SÉPTIMO LATIDO

Cuarenta y nueve

Montse vaciló un instante, nada más. Un simple acto reflejo. Su corazón iba muy rápido, pero no tenía miedo de él. Nunca más iba a tenerlo.

Luego llamó a la puerta.

—¿Sí? —dijo una voz femenina.

—¿Está Sergio, por favor?

—Sí, pasa.

Se escuchó un chasquido y la cancela metálica quedó liberada de su cierre. Entró y no tuvo que volver a cerrarla porque lo hizo ella sola. La puerta de la casa se hallaba a unos diez metros, así que caminó por el sendero de grava, entre macizos de flores y árboles perfectamente cuidados. Era un bonito jardín, acorde con la señorial mansión de dos plantas que la impresionó nada más verla. Cuando llegó a su destino, una mujer ya la esperaba en lo alto de los tres escalones. Era menuda y agradable, sonreía con el mismo aire de inocencia con que lo hacía Sergio.

Supo inmediatamente que era su madre.

—Hola, querida. Pasa. Han ido a buscarlo.

—Gracias.

No supo qué hacer, si darle un beso o la mano. Al final no hizo ni lo uno ni lo otro. La mujer seguía sonriéndole.

—¿Tú eres...?

—Montse.

—Adelante, Montse.

Le franqueó el paso y la hizo entrar. La casa era preciosa, muy elegante. La miró sin parecer que lo hacía, algo impresionada. Contestó a un par de preguntas triviales y se encontró, de pronto, en una terraza amplia que daba a una enorme piscina, diez veces la suya. Nadie se bañaba en ella pese al calor.

—Siéntate, tú misma —la invitó la mujer—. No creo que tarde. ¿Quieres tomar algo?

—No, gracias.

—De acuerdo, hasta luego.

Se alejó de su lado, pero Montse no se sentó. Llegó hasta la barandilla y miró la piscina y el jardín trasero. Allí se respiraba paz, la misma paz que ella necesitaba. Después giró el cuerpo y contempló de nuevo la casa. Por la izquierda debían de estar las habitaciones, que comunicaban con la zona de la piscina, ya que vio una serie de puertas correderas abiertas. Eso la hizo reaccionar.

Instintivamente.

Caminó sin prisa hacia allí, de forma en apariencia distraída, y pasó delante de la primera puerta sin detenerse. Vio una cama preciosa y la clásica decoración de un cuarto de chica. Siguió andando. La segunda puerta mereció su misma reacción, aunque en este caso parecía ser la habitación de un hombre. Todo cambió con la tercera, porque al atisbar en su interior reconoció lo que en el fondo estaba buscando.

Allí estaban las señas de identidad de Sergio: su ropa, dejada descuidadamente sobre la cama, libros, algún póster...

Se detuvo en la puerta. Casi podía olerlo. Los recuerdos empezaron a agolparse en su cabeza. Desde allí, inmóvil, contempló los detalles, despacio, impregnándose de ellos a través de la mirada.

Uno a uno, hasta llegar a la mesa.

La fotografía estaba en el centro, cerca de la pared, con un marco de metacrilato bastante grande que la hacía destacar. Una fotografía que conocía y recordaba.

Entró en la habitación y llegó hasta la mesa. Extendió su mano derecha y cogió el portarretratos. Pesaba. Luego sonrió.

Sí, claro que conocía y recordaba aquella foto.

Se la había sacado Sergio la primera mañana que se bañó en la piscina de su casa, con la cámara de Carolina. Al día siguiente ya estaban hechas las copias. No era la mejor de sus fotos, pero se la veía bien, sonriente, feliz.

De repente la escena le recordó mucho otra situación que había tenido lugar apenas unos días antes. Los mismos protagonistas, distinta foto, distinto lugar.

—Era mi novia.

No se sobresaltó. Tal vez lo esperase. Miró en dirección a la puerta por la que ella misma acababa de entrar y lo vio a él.

—¿Qué le pasó? —preguntó Montse.

—No lo sé. Escapé de su lado como un idiota después de que casi muere por mi culpa.

—¿Le hiciste daño?

—No —movió la cabeza horizontalmente, con vehemencia, y luego repitió con más calma—: No, ¿cómo podía hacerle daño si lo era todo para mí?

—¿La querías?

—La quiero.

—¿Por qué crees que ella no podía perdonarte?

—Porque fue una extraña historia la que nos unió, aunque ahora sé que todo lo anterior, por duro y extraño que parezca, me condujo a ella.

—¿Cómo se llama?

—Montse —Sergio señaló la fotografía que su visitante aún sostenía en la mano, como si todavía quedase alguna duda.

—¿Y Gloria? —preguntó ella.

—Murió —reconoció él.

—¿Ya la has olvidado?

—No —fue sincero—. Nunca la olvidaré.

—Es justo —aceptó Montse.

Dejó su fotografía sobre la mesa y dio el primer paso. Sergio la imitó. Se encontraron en el centro de la habitación, a los pies de la cama, y allí se miraron a los ojos antes de abrazarse y apretarse con todas sus fuerzas, como si desearan fundirse el uno con el otro. Después, permanecieron así un tiempo indefinido, un minuto, dos, tal vez más. Hasta que se separaron lo justo para que sus labios se encontraran en el silencio.

El beso colmó su última ansiedad.

—Te quiero —susurró él.

—Por eso estoy aquí —dijo ella.

—Ahora...

—Es tiempo de esperar —afirmó Montse—. Ni siquiera lo vamos a tener fácil: tú, aquí; y yo, en Vallirana. Pero lo resistiremos.

—Soy capaz de acabar la carrera en la mitad de tiempo.

—¿Eres un genio o qué? —sonrió ella por primera vez.

—Puedo superarme.

—No será necesario —hizo un gesto de calma—. Tampoco quiero casarme antes de los veinticinco así que...

—¿Ah, no?

—¡No!

—Algo se nos ocurrirá.

—Eso espero —le confesó Montse volviendo a sonreír.

—Bueno, como te dije, tampoco hay tanta distancia entre Tarragona y Vallirana. Menos de una hora en moto, y la dueña de la pensión La Rosa seguro que estará encantada de tenerme cada fin de semana.

—¡Humm! Suena bien —le besó para confirmarlo.

Dejaron de hablar.

El único sonido claramente perceptible por los dos fue el de sus corazones.

El de Montse sonaba a toda marcha, con un ritmo perfecto y una intensidad llena de vida.

COLECCIÓN PERISCOPIO

César Mallorquí, *Las Lágrimas de Shiva*
José María Latorre, *La isla del resucitado*
Javier Negrete, *Memoria de dragón*
Alfredo Gómez Cerdá, *A través del cristal empañado*
Pau Joan Hernàndez, *La Tripulación del Pánico*
Cristina Macía, *Una casa con encanto*
Andreu Martín, *Ideas de bombero*
Elia Barceló, *La roca de Is*
César Mallorquí, *La puerta de Agartha*
Andreu Martín, *Los dueños del paraiso*
José Mª Plaza, *No es un crimen enamorarse*
Jordi Sierra i Fabra, *El asesino del Sgt. Pepper's*
Marcos Calveiro, *Centauros del norte*
Lola Gándara, *La oscura luz del Tíber*
Alice Vieira, *Chocolate con lluvia*
Blanca Álvarez, *Tres besos*
Jordi Sierra i Fabra, *Donde el viento da la vuelta*
Laura Gallego, *La hija de la noche*
Fernanda Krahn Uribe, *El otro techo del mundo*
Rafael Marín y Juan M. Aguilera, *Oceanum*
Malcolm Rose, *Dosis letal*
Joan Manuel Gisbert, *La Voz de Madrugada*
María M. Vassart, *¿Y ahora qué?*
Jordi Sierra i Fabra, *Magno*